目次

十七八より

過去を振り返る時、自分のことを「あの少女」と呼ぶことになる。叔母はそういう予言を与えた。そのとき彼女はまだ生きていて、だから今はもういない。親族中を三代さかのぼっても見つからない癌だった。これは、人どもが様々な意味で頻々と出入りしている特別病室で姪に最期の言葉を告げようという時、他の親族を冷え冷えした廊下に追いやらざるを得なかった二人の関係にまつわる記述である。少女は痩せ細って生気の消えた叔母に顔を寄せ、過剰に清潔な布団のにおいを一息吸いこんだが、今しもその繊維の一本が脳の隙間に湿っているように思えてならない。もしも大脳皮質にティッシュをあてがい思いきりかむことができるなら、今日の人類はもう少し気持ちの良い文明を築き上げていたはずだ。叔母の遺言について、ここへ書くには及ばない。結局のところ、味わうことになった気分は、例えば、一茶が父から「井に落る

な」と言われた瞬間と同じ無限の喜び、悲しみ、拍子抜けの域を出るものではないのだから。脳裡に浮かんでは消えていく叔母との会話の端々は、口に放り込んで味わいかける瞬間のあめ玉のように気を逸らす役割を担っていたのだが、どうもそれは、叔母の死後も変わらず、むしろ顕著な兆候としてあり続けているらしい。近頃ますます無口になったかつての少女が、表向きは機嫌よく、閻魔が思わず顔をしかめるような荒れ舌をしまいこんで日々生きているのは、まぎれもなく叔母のせいである。ここ数日は折に触れ、ハック・フィンと呼ばれる少年がモーゼと葦の話を聞いて思ってみせた「死んだ人間のことなんか、面白くもなんともない」という重大な判例が頭をよぎるようだ。今後一切の文章は、それこそ一瞬に消え去る琥珀色のあめ玉をなめ続けている振りをしようという面白くもなんともない試みである。無論、人目を引く告白をする蛮勇の気をくじかなくてはなるまいし、叔母を妙好人や地上の星に仕立て上げることも謹んで避けなくてはならない。しかし、のたうち回ってきた道筋や足下にぬらぬら光っている体液のきらめきこそを感傷と呼ぶのだ。それはその都度、不順な天候に応じて濡れたり乾いたりしているようだが、それなしに何かを思い出すことも考えることもできはしない。だとしたら、思い出話の真ん中で誰が輝かずに済ませられる

だろう？　だからこそこうして、まだ常に口元を汚していた時分の弟が父のスーツの上着の中に入って玄関まで歩いて行った後ろ姿、あれをくり返しまぶたの裏側に浮かべつつ、ぶかぶかの文体で出かけてみたというわけである。あの時、弟の背中は珍しくまっすぐ歩いてみせようという勇気に満ち溢れていて、その限りにおいてふらつくことを許されている。誰に？　それを眺めている両親と、やっと口元を清潔にしておく術を体得しかけている姉に。今、そんなまなざしが再び注がれることを願わずにはいられないが、それほど期待はしていない。というのも、この時代に生まれ出ずる言葉をそう広くはない机から一望する限り、今日の多くの人は、バディ・グラスやイタロ・カルヴィーノといった心配性の面々よりもずっと容易に、確固たる「読者」というものを労なく有している。彼らの自虐的な口ぶりときたら、世界中に向けてためらいなく「ねえ、キティ」とやる調子なので、個人的には相当まいっているところだ。この開放的閉塞感の中で始める権利があるとすれば、この一章に早くも現れた人物たちにその責任が分散され、隙間に落っこちていくような奇妙な感覚のせいに他ならない。見た目はともかく背広の糊は利いている。今はそれが一番重要だ。

あの頃のあの家では、週末の夜に限ったことではあったけれど、弟が中学生になったことなどおかまいなしに、夕食以後の長いひと時をリビングのテレビ前に勢揃いして送る習慣がだらしなくのさばっている。至って裕福な家であることにまちがいはない。築年数は経ているが良く管理されたマンションの最上階にあたる七階の一戸は他と比べて広い造りで、四人家族の一人一人に過分な部屋があてがわれるほどだったが、週末の夜にはどの部屋も暗く静まり返る。彼らが集まるリビングの本尊となる液晶テレビは37型とやや小さい年季ものだ。それと不釣り合いな黒檀のテレビ台は祖父の強い勧めで購入したもので、和室との境になる引き戸の片側を、今日と変わらずふさいでいる。その手前には、冬にはこたつへと姿をかえて、揃いも揃って冷えがちな彼らの足を守るひっかき傷だらけの円テーブル。時節を問わず、それを囲いこむように人員は配置される。円テーブルとベランダに面した大窓との間は、テレビに足を向け、仰向けに寝転がった父親の指定席だ。いつ見ても靴下をはいて、頭には四つ折りにしたクッション――この芸当ができるのはこの家でも父だけだ――をあてがっている。耳から顎にかけての端正なラインには往年の面影が見て取れたが、重力のあおり

を受けた喉元には肉と皮が寄り集まり、四十代を締めくくる準備は万端といったところである。隣では高校二年の娘が、仰々しいエメラルドの牛革が真新しい背後のソファに頭を寄せ、父親によく似た顎のラインを同じ角度でテレビに向けている。家族によればひっきりなしに動いているか下だけ噛まれているという薄い唇は、今は後者。ショートパンツから若々しい茎のように伸びすぎた白い生足がはしたなくテーブルの下に放り出され、それぞれの足の親指と人差し指の間にテーブルの脚がはっしとつかまれている。上半身でも、腕を組んだり、組んだ腕を持ち上げて頭の上に運んだり、そこから右腕だけ天井に伸ばし手首を外側に曲げて子供にもてあそばれた人形のようにしばらくそのまま固まっていたりと、とにかく忙しい。目の前でちらつく姉の運動を気にする素振りもなく、涅槃像の体勢でソファを占領している弟はテレビに夢中である。まゆ毛にはややいきすぎの手入れがなされているが、鼻筋の通った全体の美観を損なうほどではない。あからさまにテニス焼けした長い手足と体とは、一つになってソファからはみ出している。ものの数十秒も観察すれば、家族の中で最も快活な笑い声をあげるのが彼だとすぐにわかる。二番は姉の隣で正座している母親である。とはいえ、彼女だけは落ち着かず、娘のお下がりのTシャツとジャージ下を着こなした

ぞっとする格好で立ったり座ったり忙しく立ち回るので、その印象はちょっと散漫ではある。彼らは笑い声を上げこそすれ、画面で起こっていることに対して口をはさむことは滅多にない。もちろん何事にも例外はある。自宅から半径二十キロ以内で起こった事件、是非とも行きたい旅行先候補の景観、二度とあるまい遊撃手の華麗なグラブさばき、家族の内で自分のみ正答できることがわかりきっているクイズの解答。これらについては、普段通りのやかましい会話が採択される。あの頃、こうした例外は日ごとに数を増していたのである。そうこうして一時間ほども経つあいだに、父親が、次いで母親が風呂に向かい、様々なうんざりするほどおなじみの工程を個別に踏んで、「旅の宿」——母はその都度片が付く小分けのものにこの上ない魅力を感じている——の懐かしいにおいをまとってリビングに戻ってくる。姉が風呂に向かう頃になると、スポーツニュースを見たい父や弟が、リモコンが摂氏八十度もあるような手つきでチャンネルを替え始め、母親はたいていキッチンにいて慌ただしく動いている。

「ほら、景子あがったよ」と母親が気のない声をソファの弟へ飛ばすと、間髪を入れずにリビングのドアが開き、ショートパンツにブラトップ姿の姉が、頭にすっぽりか

ぶったバスタオルを両腕でかき動かしながら現れる。もてあました腕の鋭く張った肘がドア枠に突っかかりそうだ。実際、肘には時節を問わず大小に濃淡にバリエーションン豊かな青あざが控えめに浮かんでいた。彼女はスムーズなリレーに貢献する気のない弟の姿を認め、清潔になったばかりの足の裏で蹴りつける。二度目の足蹴は弟の脇腹から離れることなく、そのまま線の細い体を揺すぶり続ける。

テレビを見つめている弟は、時折「やめろ」とつぶやきながらもなすがままにされている。その声と同時にいささか強い水音と食器のかち合う音がリビングまで響き出したのは、息子にあきれた母親が洗い物を始めるせいだ。呼応するように、少し前から海外サッカーのゴールシーンの映像が歯切れの良い英語の実況とともに流れているテレビの音量が上げられ、リビングはにわかに騒がしくなるが、肉声の少なさがそこを静かな印象にとどめている。画面上では一つゴールが決まるごとに時代が進み、映像も鮮明になっていく。

鮮やかな緑の芝に、少女はわけもわからず目を奪われた。ウェイン・ルーニーという名が表示され、髪を乾かす手と弟を揺すぶる足の動きが鈍る。頭が丸くて胸板の厚いレゴ人形そっくりのサッカー選手が頭を下に飛び上がって空中でシュートを放ち、

あまりにも見事なゴールを決めたが、その時の彼女には、誇張なしに、何が起こったか全く理解できない。手足はいつの間にか止まっている。音の割れた歓声の中、彼は何事か叫びながら、隅に立つ旗——彼女にはそれも何のためにあるのかさっぱりわからない——を目指して一直線に駆けて行く。ひざを立てて体を反らせてすべりこみ、きめ細かい芝にわずかに沈んでいるひざ頭を両輪に進んだ選手は、旗の手前でぴったり止まると、それを思うさま拳でなぐりつける。倒れた旗が跳ね返るうちに、彼はすでに同じぐらいかそれ以上に屈強なチームメイトに取り囲まれてもう姿が見えない。

父と弟が二言三言、何やら短く低い言葉を交わして空気を震わせて、娘は我に返る。気づけば弟を解放して呆然と突っ立っており、風呂上がりにやや充血してしまう弱い瞳を頭から垂れたバスタオルの隙間から画面に捧げているばかりだ。父親が痰を切ろうとするしつこい音が二度、三度響いても娘は突っ立っていたが、ふいに右手を口元まで運び、手の甲を唇に何度か押しつける。そのうちに彼女は自分を噛み殺さない程度の力で歯を立てている。口を離し、くっきりとした馬の蹄のような歯形を面白くもなさそうに確認する。近しい人によると、それは彼女の幼い頃からの癖らしい。手の甲の唾液を手指ではらいながら、彼女は自室へ戻っていく。

申し遅れたが、これは六月の終わり頃の出来事である。二つの誕生日プレゼントをもらって間もない頃だったから間違いない。ムーミン谷のいきものたちが勢揃いした目覚まし時計（実用的にも装飾的にも満点のこのプレゼントは弟から）、一生モノの文房具の二つである。両親は、そんな思わせぶりな趣味をどこで仕入れてきたのかは謎に包まれているけれど、中学以降の子供たちに毎年ひとつの洗練された文房具を贈り、たっぷり六年間を費やして、自分たちの息のかかった文房具で筆箱中の無駄なモノを完全に駆逐させるのである。さて、叔母はといえば、ガムの一つも与えはしなかった。それこそムーミントロールは弟との問題を何度も水際で和らげたものだが、この種の神通力を有する物という物を、叔母はまるっきり所有していない。それほど、彼女の個人的な持ち物や、肉体の象徴物を思い出すのは難しい。ディオゲネスの布きれすらその役目を果たしていたというのに、彼女にはそれもなかったのだ。もちろん衣服が残らないわけはない。しかし、たまに見たユニクロのポロシャツがすぐさま叔母と結びつくというものでもないだろう。それらしき物といえば、ただひたすらに

本、本、本である。しかし、それらの供物もまた、自分だけに与えられるものではありえない。

ウェイン・ルーニーを見た翌日、ムーミン谷から鳴り響くベルの音に起こされて爽やかに登校した少女は、上靴に履き替えたところで、後藤という若い体育教師に目を留められる。だいぶ遠くで目が合った彼は手をあげ、まっすぐこちらまで歩いてきたのだが、相手が立ち止まって自分を待っていることに安心しきった余裕のあるその足取りには、少女を疎ませるものがある。

彼が歩調をゆるめずやって来て突然立ち止まった場所は、ちょっと腕を動かせば触れそうな、かなり間近のところだった。たじろぐ相手をよそに「阿佐美、おはよう」と冗談めかした潑剌たる口調で言うと、彼はさっと周囲を見回してみせた。

「おはようございます」朝は最低に響きの悪い声を添えて軽く会釈し歩き出した少女に、体育教師も並ぶようについて来る。

「今日は保健があるだろ?」と体育教師は楽しそうに言う。「俺はちょっと、気合いが入ってるんだ」

「そうなんですか?」少女は努めて愛想よく顔を向ける。

体育教師はまっすぐ前だけを見据えていた。運動に親しんでいるためだろう、顔はまったく揺れることがなく、視界の中で肩だけがわずかに上下した。「そうだよ。ちゃんと授業を聞いてろよ？」そう言うと、角を曲がって職員室へ続く階段を上っていった。

よくあることだが、彼女には何もかも気に入らない。外で体を動かす割に奇妙に白い肌や、ツーブロックに見せかけた小綺麗な刈り上げ、ジャージの裾からはみ出す巨大なちょうちょう結び、日ごろの体育の授業では巧みに隠蔽する性的なにおいを課外では香水でも振るように小出しにすること。兎にも角にもそうしたあらゆる要素を、おそらくは彼女の知りえない点ですら快く思わない。その日もそうだったのだが、保健の時間、授業前に早めにやって来ては廊下で日ごろ馴染みの女子とおしゃべりしている体育教師に対して、彼女は誰の目にもつかぬよう慎重にという留保つきで、批難の目を投げかけずにはいられない。しかし、それはいつも微笑という形をとる。悪いことに、今生の花盛りを迎え知る生徒たちと教師の井戸端会議は、小学生以来の出席番号一番を守り通してきた少女のロッカーのそばで行われるのが通例なのである。

「阿佐美、マー君とハンカチ王子だったら、断然マー君の方がいいよな？」

おずおずと教科書を取りに来たやせっぽちの女子生徒に、体育教師はそれまで取り扱っていたらしい古くさい話題を、古くさいドラマの中で缶ジュースでも放るように投げかける。漂白したコーンを植えつけたような大ぶりの前歯を女子生徒は見た。

少女の名誉のためにも、なぜわざわざ敵陣に飛び込むようなマネをするか書き記すぐらいのことはしてもいいだろう。彼女はかつて始業ぎりぎりに教科書を調達しに行って、しゃがみこんだところを狙い撃たれた経験がおありだ。体育教師は教室の扉から顔を出し、たっぷり間を置いてから、そんなしゃがみ方をすると下着が見えると、曰く言い難い特別な顔つきで言った。残念ながら、少女はこんな経験から何事かを学び、事前に対策を施すほどまめな性格ではない。

体育教師が問いかけの答えをいつまでも待っているとばかりに少女を凝視しているので、少女は頬のつりを和らげながら、さりげなく手を動かし、人一倍小さな耳に爪を立てる。こんな時ばかりは気に入りの名前じみた名字が汚らしいものに感じるとでも言いたげな動作は、首筋まで伸びた軽いくせ毛に隠されて、恥じらいの所作に見えないこともない。

「いいよなあ?」

念押しの問いかけに、家族以外の誰の食べ止しにも口をつけられない潔癖の性質が顔をのぞかせたのかもしれない。きっかり二度まばたきをした後に浮かべた微笑は、瞳に涙をにじませるあくびやもどかしい空気を喉に押し返すおくびと同じ、ありもしない感情を持ち上がらせようという義務を負った空虚な感じを持っている。

同級生たちは沈黙を貫く彼女を注視することに負い目を感じたようで、床に視線を落としたり、カーディガンの肘の毛玉を手先でさぐったりし始めて、それぞれに少しでも居心地よくなりたげである。そんな彼女たちを従えて「そんなさみしそうに笑うなよ」と体育教師は言った。

「え？」せっかくこみ上げた表情が女子生徒の顔から一瞬だけ忘れ去られるが、すぐに笑顔が戻される。「そんな笑い方してないですよ」と彼女は言った。

「自覚がないってのが一番こわいんだよ。大女優だな」体育教師は言い、自信が装甲されたかのような筋肉質の胸を大きく張った。

「ちょっと考えてただけじゃないですか」

「そういうのが一番こわいんだって。俺はけっこうだまされてるんで、やたら敏感なんだ。阿佐美はそういうタイプだな」

「ウソ、先生、けっこうだまされたってなに」前のめりで口をはさんだのは体育教師の隣にいた津間希美という生徒で、彼女の口元には、視線を一手に引き受ける、彼女が何かしゃべり出そうという時はその存在を不断の努力でいちいち忘れなければいけないのではないかと思うほど大きなほくろがある。「野球一筋だったんじゃなかったの？」彼女は確かに、その時その存在を忘れているにちがいないような、いたずらな笑顔で言う。

「そうだった。そうだった。油断も隙もないな」体育教師は一瞬そちらへ注意を移し、めりはりのきいた皺を頰に寄せた、そしてやや拙速の体で少女へ顔を向け直した。「で、どっちなんだ？」

「どっちかなんてそんな決められないですよ。マー君は結婚してるし」

「感心だな。じゃあ、ハンカチ王子か？」

「追いこまれてしまった」と道化混じりに彼女は言った。にやりと笑みも浮かべてみせる。それから身を翻して、すとんと落っこちるようにしゃがみこんでスカートの中の空気を入れ換えがてら——これが物議をかもしたのだ——リノリウムの床につま先と膝をつく姿勢で、真新しいロッカーへ正対する。その位置からは、横にいる同級生

たちのスタイルに恵まれた者から順に一律の丈に折られたスカートの中がのぞけそうだ。無論、少女はそうせず、ロッカーに向かって言った。「大体、バリバリのスポーツマンってちょっと苦手なんですよ。ハンカチ王子はちょっとちがうから、いいかもしれませんね」

「それは俺にケンカを売ってるってことだな」体育教師はいやに楽しげだった。

「そんなこと言ってませんよ」と少女も快い笑顔で言った。ちらりと相手を確認し、相手の口角にホチキスのとじ跡のような皺が現れているのを見る。それはたっぷり数秒か、それ以上もとどまったままである。

「そういうところなんだよな」と体育教師は言う。会話相手にわかる分だけ声を低めて。

「なんですか、それ」と少女は表情を変えずに言った。「先生、変ですよ」

「そうか？　阿佐美の方が変だよ」と体育教師は腰に手をあてて、女子生徒をまじまじと見下ろした。「俺なんかより、よっぽどな」

「勝手な人ですね」少女はそこでちょっと間を置く。「困った人とも言いますね」言った途端に体育教師の顔がゆがむような錯覚に陥る。それは抑圧の代償ととるのが自

然なほど、更なる笑顔の前兆めいたところがあった。「とにかく私におかまいなく」女子生徒はそこでようやくロッカーを開け、積み上がった教科書やノートから保健のものをさがし始める。

「先生、今日の授業いよいよヤバいとこでしょ。大丈夫？」少女の言葉を受け、素直な娘たちによって会話が仕切り直される。

「大丈夫って何がだよ」体育教師は首だけ振り向き、反り身になって言う。一拍の間にその声色は気の置けないものに変わっている。「俺がお前らにからかわれてドギマギして鼻血でも出せば満足か？　あのな、俺がもう何べんヤバいとこを繰り返し教えてきたと思ってんだよ。教科書なんか見なくたってペラペラ喋るし、目をつぶったって図も描けるぞ」体育教師がいやに長い人差し指で宙に細長い円を描くしぐさは、一人しゃがんでいる少女の目の端にもかかる。

「図！」何人かが手を打ち合わせ、華やかに乾いた音が廊下に響き渡った。

少女は好意を貼りつけた顔で見上げていたが、誰とも目が合っていないと知れて灰色のロッカーに視線を落とす。そこでは、いったん全て端を持ち上げられた教科書やノートが、彼女の意志とはまるで無関係に、一冊一冊、指先からこぼれるように落ち

ていくところである。空咳のような風が外に向かって起こり、両膝にまっすぐ張りかかったスカートがふるえるように小さく揺れる。次々に現れる濃淡さまざま色とりどりの表紙をながめる彼女の顔には、やはり口をつぐむ用途を備えた微笑が浮かんだままだ。

授業が始まり、少女の気は幾分安らぐ。生徒たちはみな、中和されたような表情で話を聞いていた。その細部において十人十色なる態度のどれにも、使い切りのジャムの小袋のように適量の好奇心がつまっているから、針でつくようなきっかけで、恥じらいか笑いのどちらか余った方がみっともない形で噴出してしまうだろう。

「卵管でできた受精卵が子宮内膜に着床し、初めて妊娠の成立となる」さっきからずっと教卓に両手を突っぱったままの体育教師はどこか物憂げに語る。「板書しよう」彼は片足を伸ばしたままのピボットで鋭く黒板の方を向き、長いチョークをつまみ上げた。迷うことなくそれを突き立て、まっすぐ下におろしていった。それは膣道の片側にあたり、左側から完成させるのが彼の作法らしい。ある点でそれは女性器の切れ端となり、それからはみるみるうちに黒板上に形を表し始める。

少女は恐いもの見たさで、板書の写しと恥じらいを放棄した目を壇上に奪われてい

る津間希美の方を見やる。彼女は頬杖を突き、最もいたいけに映るであろう目立たぬゴールドのマニキュアを施した小指でもってほくろを匿っていた。少女は目を逸らさずにはいられない。彼女は今後、推薦枠の争いと、体育教師とは関係のない男女関係のもつれから、その手の話題からは縁遠い少女にも知れるほど問題を引き起こすことになる。

気づけば、黒板には精緻な子宮をふくんだ生殖器の略図が描き上げられていた。どこからか、わずかな嘆息が漏れる。「何年描いてきたと思ってるんだ」と体育教師が誇らしげに言うと、教室に小さな笑いがもちあがった。やはり最も喜んだのは楽屋オチを読み取った一部の女子生徒たちである。しかし、手を広げたような卵管が抱えこんでいる瑞気に圧されたように、室内の落ち着きはいつもより心持ちはやく取り戻されていく。

少女は図の完成時に一度だけ黒板を見上げたが、あとは教科書のカラー図版でまかなっている。おもむろにペンを取り、うすい彩色をほどこされた女性器の下に周囲の字体を真似て「英検花子」と記入する彼女のカバンには、学校に提出するべき英語検定の申し込み用紙がおさまっている。準二級なんぞ早く取得してしかるべきだが、二

度にわたって落第しており、クラスの半数以上が先んじているのだ。彼女は目を細めながら、書きこんだ字を丁寧になぞって太くしていく。提出期限を守り、検定にも優秀な成績で受かるであろう才女の模範的な生殖器に思いをはせるのにうってつけの愉快そうな表情である。少女は次の英語検定試験に落第する。恥を忍んで言えばその次もダメ。彼女は目の前で起こることにまっすぐ興味を持つことができない。割に覚えていると自負していたクラスメイトの名も直に忘れていたようで、今でさえ、史実に沿わねばなるまいと何度も苦渋の思いでアルバムを開かなければならないのだが、油断すると、こちらを見つめてくる少女の微笑が目につくのだ。彼女が七クラス十四ページ二百八十二人にわたる人間模様のほとんどを知らぬ存ぜぬの体で過ごしたと思うと、不安に駆られないでもない。ちょうどそのとき、教室で大きな笑い声が起こり、少女は小さく肩を飛び上がらせ遠慮がちに顔を上げる。

「ふざけてるんじゃないよ」とかなり砕けた調子の声でクラスのお調子者をたしなめる体育教師。ここを先途と笑いが強まる中、その顔に彫刻的な怒りの表情が、ちょうど過冷却の水が結晶化したように現れた。それはあまりに唐突で、それを怒りととる生徒が教室を占めるのに時間がかかったほどだ。「ふざけるんじゃない」と体育教師

はっきり声を低め、対象を睨みつけた。そこでやっと、あらゆる会話が慌ただしいささやきによって打ち切られる。「お前は今、男性機能を保っていられる限りはついてまわる死ぬほど大事な問題に関して、自分のバカさといい加減さを証明したんだ。くだらん笑いと引き替えにな」

「先生、冗談です。すみません」日頃の関係性に取りすがるような哀願だった。今にして思えば彼は野球部だったのだろう。野球部の写真は誰もみなわだかまりのない笑顔で写っているが、この中の誰かであるのだろうか。

「イチローが野球のことを一度だって茶化したと思うか？　その場限りで周りの人間を喜ばせるためだとしてもな」体育教師が脅迫まじりの空砲に似た咳払いを打つ。彼は目を伏せ、しばしの時間をとって再び目を開けた。それから実にもったいぶって、廊下側から窓側に向けて手前から奥、奥から手前へと順にながめていった。途中からやや不服そうに、教卓を縁取る灰色のゴムに爪を立てているのを、少女は見かけている。津間さんはそこに目をやることができなかっただろう。ある場面に目をやるかやらないかだけで、その人に降りかかる災厄が趣を変えてしまう。

「君たちはもう高校二年生だ。セックスだってもう他人事じゃない、というには遅す

ぎるか。もう経験した奴だって当然いるだろう」

誰もが呼吸をひかえたその時、少女と体育教師の視線がかち合って絡む。少女は話の内容とは無関係に、むしろ間欠性の散漫な注意力ゆえに、ほんの一瞬さりげなく顔を上げたに過ぎないが、そんなこともまた事実に対して何の関係も無いのである。彼女は目をそらすこともできず息をのむ。鍛え上げられた体に備わった何も物語りそうにない目を見る。体育教師の頬に張った筋が、何か言いそうに動いた。「阿佐美」と体育教師は少女の名を呼ぶ。「俺をぼけっと見てるけどな、お前だって無関係じゃないぞ。どうせいつか考えるんだから、今考えてもいい。阿佐美はセックスと聞いてどう思う」

クラスは物音一つ立てずに騒然とする芸当を見せる。少女はほぼ教室のへそにあたる位置に座っているのだが、下手な動きをとれば自分にお鉢が回って来かねないと、あるいは目を皿にして凝視し、あるいは少し安堵して体育教師を一瞥し、あるいは教科書に目を落として聞き耳を立て、彼女の前にいる者たちは背後の音に意識を集中して、一様に少し肩をすくめて体をひそませる、無理に分解すればそんな諸々の動静である。多くのクラスメイトにとって、少女はガラスの奥に陳列される種類のきれいど

ころとは言い切れず、質問者の思惑が下卑たものとして邪推されることはあるまい。それでいて——これはいくつかの事実から注意深くより分け、叔母のともすれば身内びいきの過褒《かほう》を鑑みた上での推測だが——彼女の器量は悪くもない。また、これも叔母がホームセンターの家電売り場で発した軽口であるが、五千円のTシャツ、プロスポーツの十年選手、何であれ良すぎないものには真実味のようなものがあるということである。つまるところ、その真実味とやらが取り沙汰されるならば、性教育の俎上に上がってもらうのに少女ほどの適任者はいないだろう。震わせた砂の中から目当てのものがせり出してくるのを目撃しつつあるといった感じで、クラスはますます静まっていった。

「真面目な話だ」と体育教師はクラス全員に伝えるような言い方で繰り返す。

少女は深く静かに息をつく。表情を下から捉えることができれば、腹に据えかねるといった様子がわかったかもしれない。これまでの散々な記憶を蘇らせれば、今にも弾けるように立ち上がって、つかつか女の足取りで寄って行き、体育教師の真っ平らの頬をひっぱたきたかったと述懐すべきシーンではある。

「はい」と少女は返事した。何かを拒否する時に用いる厳しく抑制された声色を使っ

たつもりだったろうが、彼女の声はそんな機微を表現するには出が悪い。背筋を正すと同時に音なく立ち上がって、視線に身をさらす。そこでまた大きく息を吸い、細い体が鳥のようにふくらみかける前に話し始めた。「ルーニー選手がゴールを決めるんです」そのまま黙っていたら男子生徒の誰かが笑い出したにちがいないが、沈黙と緊張は保たれたままだ。「興奮したルーニー選手は、グラウンドの隅にある旗を目指して走り出します。そこには、旗をしっかりつかんで、四つん這いになって、ユニフォームの上だけを着た私がいます。彼は、私のことなんか知らないみたいに興奮していて、何か叫んでいるけれど、歓声で何も聞こえません。そのまま膝を立てて、芝へすべりこむと、私の後ろについて、勢いそのままセックスをします」

体育教師は意を汲むことに苦慮した結果だろうか、もはや彼の生徒たちと変わらない様子で無防備に立ち尽くしていた。

少女は感情のこもらない、もしくは感情の全てをしまいこむための息を吸いこむ。

「そのぐらい、すごいものならよかったのにと思います」と言って少女は着席する。

わずかの間に冷えきっていた椅子の感触に驚いたせいで、この一件をおしまいまで覚える羽目になったのかもしれない。何気なくひととき巣を離れていた隙に何者かに

卵を持ち去られた親鳥がしばらく巣の中を見つめているような具合で、少女は女性器の描かれた黒板をぼんやり眺める。

その日の帰り道である。少女が中学から通う私立校が家から徒歩十五分のところにあったという事実にどれほどの意味があるかという疑問から始めてみたい。この学校は中学受験の第二志望校だったが、第一志望は電車で三十分のところにあった。少女がそこに入学し、年間ざっと数えて二百五十日も電車に乗って六年過ごした場合、そこにありうる時間や景色や振動や乗客たちの顔、無数の小競り合いや遠慮や許容は、彼女をどこにも運び去らなかったのだろうか。より多くの人間の顔や身体やそれぞれに選ばれた靴を連日じっくり目に入れるなんて大それたことが、この不可思議で弱い心とやらに何の影響も与えないということが信じられようはずもない。ところで、この一連の記述にあたってかなり退屈な部分もはしょらずに書くことにしているので、読み返せば誰しも、たちどころに惰性が跋扈《ばっこ》する姿を見ることになるだろう。しかし、この愚行は偏《ひとえ》に、叔母から目こぼしを頂戴するために一計を案じた結果なのであ

る。叔母について書きたいと願い、叔母と少女にまつわる退屈な部分のみをはしょらずに書くとすれば、叔母はまたぞろ草葉の陰をひらめきひらめき、目鼻口をちぐはぐにゆがめてみせるに決まっている。彼女は何につけても、誰かの先に出ることや最後に回ることを用意周到に避けていた気がする。死においてそれがありえないことが、彼女を安心させていたのではないかと思えるほどに。

さて、少女の足取りは重そうだが、スポーツ選手のように確固たる意志をもった負荷のもとで動いているように見えなくもない。まだ勝ち負けとかいうものが幅を利かせていて、この時点で彼女がまずまず意気軒昂だったのは確かである。前傾姿勢の少女は、町並みを太い糸で縫いつけていくような調子でぐんぐん歩き、いくつかの角を曲がると「あさみクリニック」の看板をかかげたペパーミントグリーンの建物――少女をとりまく物はこんな色ばかりだ――に入った。祖父が営むこの眼科病院はもう診療時間を終えていて、叔母がとぐろを巻いている。

院内は夕暮れを控えた窓からの光でまだまだ薄明るい印象である。重厚な遮光カーテンで二重に間仕切りされた処置室の照明だけが灯っていて、叔母はもうそこにいる。挨拶もそこそこに少女は小さな丸椅子にまたがる。そして、傷の手当てを受ける

トム・ソーヤーよろしく、両手を股の間にスカートを押さえつけるようにつっぱりながら上目遣いで顔を差し出し、叔母に逆さまつ毛を抜かれる準備をすぐさま整える。

白衣にエプロン姿の叔母は顔を寄せて姪のまつ毛を確認すると、顎置きのついた仰々しい機械の横に戻る。「ぜんぜん伸びてやしないじゃない」と開口一番に彼女は言った。声の通りは恐ろしく良い。世には鼻にかかったと表現される声があるが、そこに混じる稀少な好意的要素だけが抽出された感じだ。

「短いのがあるでしょ。来週ぐらいに白目を突き刺しそうなやつ。そういうのが一番気になるの」と姪は図々しく言った。

ところで叔母は医者ではない。父親の眼科病院で、看護助手や医療事務として長く働いてきただけだ。とはいえ、診療時間を過ぎてから年端のいかない姪の逆さまつ毛を月に一度か二度抜いてやるぐらいのことはなんでもないことである。

叔母はにやつき、感じのいい歯並びをのぞかせる。「景子ちゃんの波瀾万丈の人生にまた何かあったのね」

「波瀾万丈？」と姪は眉をひそめて言った。「また変なこという」

「誰かの身の上話を聞くと、どうしても言いたくなるのよね」

「ゆき江ちゃん、ここにいっぺん患者として訪れてみたら?」と姪は意気揚々と言った。「それで、生まれてこのかた輪ゴムですら口をくったこともないような眼科助手に逆さまつ毛をちまちま抜いてもらいながら、あなたの人生は波瀾万丈ねって言われてみるの。きっと会計待ちの待合室の椅子の硬さもあいまって、ガックリきちゃって、もっと慎ましい人間でいようと決意するはずよ」

「でも、みんなけっこう喜ぶの。信じられないでしょうけど」と叔母は言って、精製水で濡らした脱脂綿で毛抜きをぬぐう。叔母の手は全体的に痛々しくささくれ立っている。

「信じられない」

「みんながみんな、景子ちゃんみたいに人生にうんざりして鼻を鳴らして慎ましやかにお生きになって、親戚の病院にまつ毛を抜きにくるわけじゃないの。目薬まで拝借するし。ここで働いてると、みんなどこぞから救いが飛び出てくるのを待ってる紳士淑女たちみたいに思えるわ。眼科の一室にすらそれがあるって敬虔に信じてこんな私に隠さないでくれるのね」

姪は身を任せながらも、鼻と口で反抗的な形をつくってみせる。「敬虔なんて言葉

使っていいの」と彼女は言った。「心療内科のお医者様に一言いいかしら？」

「なんなりと、患者様」

「あのね、親戚に医者をもって、あろうことか文学をちょっとかじった女子高生って、みんなこんなものなの。ステレオタイプもいいとこで、自分を特別だなんてびたいち思ってない。そんなの全部、程度の差ってやつに落ち着くこと、身にしみてわかってるの。それは誰あろう、おせっかいな叔母さまのおかげ。そりゃ恵まれない人たちがいるのは知ってる。でも、どうして私がそれに入らないなんてわかるの」

「顔が良いからよ」と叔母はこともなく言った。「何をやっても様になる顔、それが景子ちゃんの顔よ。そう生まれついたから、使う気なんてなくても使うことになるの。私がいびつな遺伝子をしぼり取ったことを感謝してほしいわ」

「ここでメガネの処方箋を何枚も書いてもらったものね」姪は憮然とした表情を浮かべ、相手の言葉に我関せずの調子で言った。その目には、黒目を薄い青色で縁取るコンタクトレンズがおさまっている。

それを間近で見ている叔母は満足そうに、そしていかにも意味ありげに「あなたの目はすぐに悪くなる」と言った。とりわけ慎重に毛抜きが動かされ、やっと最初の一

本が抜き取られる。

「最近のメガネ屋さんって検査なんかぱっと済ませてメガネを作っちゃうの。きっとそのうち、その手のお客さんはいなくなっちゃうね」

「そんなのもうほとんどいないわよ」と叔母は言った。それからぐっと顔を近づけ、作業に集中せんとする意志を誇示する。姪は仕事熱心な農家に生まれついたイチゴ苗のように、彼女の鼻息をかけられたままになる。

「ゆき江ちゃんのおかげで私も、色んな人の生き方に水を差してまわる立派な女子高生になれそうよ」と姪は息を出さぬように言った。

やおら叔母は彼女の下まぶたを引っ張る。戯れの意味はあっても戒めの意味などはない。証拠に、細く柔らかいトゲがまた一本、まぶたを引っ張りながらゆっくりと抜けるのを感じる。それでも、姪の方では明らかに気分を害しているらしい。そもそもが露わになったまぶたの裏の毛細血管に嫌悪以外の気分を代弁しろというのは無理な話だ。姪は指が離れるのを待ってから「今日はごはんいらないから。終わったらすぐ帰る」と告げた。

父と母は仕事で帰りが不規則で、弟も住宅街に挟まったようなこぢんまりした塾が

気に入って遅くまで自習してくることが多く、少女が平日の夕飯を外で済ませることは珍しくなかった。いや、弟はそこで知り合った女の子と後に付き合いそのまま結婚したので、塾が気に入ったなどという表現は正しくないかもしれない。とにかくそんな事情があってしばしば祖父や叔母と夕食をともにしていたのだが、これは少女にとって特別楽しいことではないのである。無愛想な祖父のせいで、それぞれ一人暮らしでもしているような静かな食事になるのだ。ちなみに祖母は少女が生まれる前どころか、叔母が生まれてすぐに亡くなっている。

「どうぞどうぞ」と叔母は二度三度、深くうなずいて言った。「そうしてください」

こうした場面で飛び出すいささか陳腐な丁寧語の置き方を、少女は叔母から受け継いでいるはずである。二人は黙り、処置の時間がしばらく続く。ごく短い逆さまつ毛はその道のベテランでも難しい代物だ。針でついたような毛穴を傷つけまいとする手つきは、時間稼ぎととられても仕方がないほど慎重になる。

時折、叔母はちょっと離れて背筋を反らし、また作業に戻る。何度か空振りした毛抜きがようやく一つをくわえこみ、逃さぬように方向を定めて一仕事を済ませると、叔母は脱脂綿で力強くぬぐう。

「学校でイヤなことあった」と姪は急に口を開いた。あらかじめ用意されていたことがはっきりわかる、区切りをもたない言葉である。「きっと変な噂が立つ」

「いいじゃないの」と叔母は言った。木で鼻をくったような沈み調子で、手も止まらない。「クラスに佇むスキャンダラスな女の子。物憂げと洗練と、ゾンビみたいな感傷と」

「からかわないで」

「うらやましいのよ」と言って叔母は姪の頬に落ちたまつ毛を取る。「景子ちゃん、勇ましいもの」

「違う。浅ましいの。ほんとにバカすぎて笑っちゃう」

叔母はいつも乾ききっている鼻をすする。そのせいで上がった口角を笑顔の形に数秒維持してから、大きく鼻で息をつき、どこかうっとりした調子で言った。「ずっとこうしてまつ毛を抜いてやりたいわ。じっと待ち伏せて、まつ毛が少しでも顔をのぞかせた途端に引っこ抜いてあげるの」

「私がむかつくからでしょ？」

「かわいいからよ」と叔母は言って迅速に付け足した。「愛おしいからよ」

「あのね、私もゆき江ちゃんぐらいの年になったら、二回り年下の未熟な同性たちには是非ともそういう態度で接してやるって決めてるの。そうやって、はぐらかして知らないうちに囲いこむ、牧羊犬風のやり方をしようってね」

「ずいぶん素敵な喩えを使ってくれるのね」と叔母は言った。優雅に毛抜きを泳がせている。「羊を追いかけ回すシェパードたちのうるんだ目って、すごく親近感を覚えるわ。暑苦しい毛皮を背負って一生懸命あらぬ方向に向かってふらふら歩き出す羊を見てると、奴ら、本当にたまらなくなるんじゃないかしら」

「いつかその毛抜きを目玉に突き立てられるかもね。犬は犬だもん」

叔母から乾いた笑いが起こった。作業を続けるため、口を横に広げて顔を揺らさぬよう最善をつくしてはいたが、その短く切るような低い笑い声は、物がちな部屋でもよく響くのである。恵まれた声からの不気味な笑い。彼女がその生涯を通じて滅多に笑わなかったのは、この魔女の笑い声をもってこの世に送り出されたからにちがいない。

「そんなことしないでも、あなたの目は直にくらんでしまうもの。イヤなことを見すぎてつぶれるんじゃなくて、良いものを見ようとするあまりに起こる自家中毒。そっ

ちの方がよっぽど深刻だから、イヤなことがあったなんて言っても心配なんてしない」

「でも、ほんとにイヤなことがあったのよ。こんなに天気がいいのが恨めしいくらいのイヤなことがね」と姪は言いながら何度かまばたきして、毛抜きに今は寄るなと忠告する。「運の悪さと、自分の迂闊さと、無粋さと、全部がこんがらかって起こったせいで、どうすることもできなかった。ゆき江ちゃんにも言えない。でも、平気でいてみせてやるの。けっこう堂に入ってない？　私、今、変？　変なのはいいとして、程度の問題」

「程度の問題ねえ」と叔母は毛抜きの先端を執拗に拭き回しながらのんびり言った。彼女の指先にいくつもあるささくれはいつの間にやら湿っていて、今はずいぶん傷口らしく見える。「景子ちゃんはまだ、自分で思ってるほど本当の孤独に強いわけじゃないもの」姪を見据えた叔母は、思わせぶりとはいえないわずかな時間を黙った。「あなたが好きなのは、修学旅行のバスの窓際でカーテンにくるまって流れる景色を見ながら味わえる、そういう孤独」それから彼女は座ったまま手をのばし、最後は放るようにしてつぶれた脱脂綿を捨てる。

「そうね」と姪はいかにも平静を装って言った。「今すぐにでも窓から飛びおりて、中央分離帯の植えこみのすき間にもぐりこんでやろうって思うの」ここで少しためらうような間。「絶対にそんなことしないくせにね。そういうことを言いたいんでしょ。でも、そんなこと、ゆき江ちゃんに教えてもらわなくてもわかってるわ」感情を抑えられない場合の饒舌は厄介なものだ。そんな風に自らふるわせた空気は、鼓膜と胃を内から外からちぐはぐにふるわせて、今も昔も変わらない吐き気をもよおさせる。「そんな言い方では、考えたことなかったけど」言葉はそこで途切れた。口元に弱い震えあり。「なんで、泣きそう」と言ったそばから涙がみるみるこみ上げている。「バカみたい」と薄い笑いの混じった声は叔母の手に熱い息をかける結果となったが、姪は背筋をのばしたままでいる。その姿は、白々と明かりがともる処置室に馴染むものだ。彼女は徹頭徹尾、患者である。

右目の涙に音もなく近づいてきた毛抜きの銀色の先端が触れると、こぼれる寸前だった涙が命からがらそちらへ逃げていく。つづけて左目も同じように。それが治療の一環であることをあえて示してやるかのような事務的な手つきの持ち主は「これでもう抜けなくなった」と取りすました顔で言った。「ぬれたらもうダメよ」

「ごめんね」そう言ってまばたきする彼女の涙腺はすでにほとんど閉められたようである。その隙に、薄く皺の寄った叔母の手首まで涙が伝っている。その滴が水分をとられて小さくなるのを姪は確かに見た。

その手に象徴されるのだが、叔母は年齢以上に老けているのだ。少女の家の電話台の上には一枚の写真がアクリル板に挟みこまれて置かれている。一体なぜそんなことになるのか想像もつかない、総勢十一名の血の繋がった老若男女が花盛りのバラ園をバックに勢揃いしている写真だ。三重県は桑名、なばなの里で撮られたこの一枚は、まとまらない笑顔の種類と幼い子らの仏頂面から、カメラの三脚の後ろに誰もいないことが察せられる。そこでは父と叔母が隣同士で並んでいるのだが、彼らを真実の通りに兄妹と見た来客はいたのだろうか。叔母は実に、逆隣で若々しさを誇っている祖父の伴侶に見える。

「波瀾万丈の話だけどさ」と姪は最低限に手入れされた眉をわずかに動かして言った。「患者さんが喜ぶのは、ゆき江ちゃんだからよ。私がやったら、きっと悲しいぐらいお粗末で、皮肉めいて角が立つに決まってる。ゆき江ちゃんは誰とでも話せる。話を聞いてあげられる。合わせてあげてるなんてしみったれたことをおくびにも出さ

ずにそれができるの。それって才能なんだと思うの」

「年の功よ」叔母はこちらに背を向けて、新しい脱脂綿で毛抜きをぬぐいながら言った。「私だって一丁前に娘時代があったんだから。それこそ一度、景子ちゃんにお目に掛からせてあげたいものね」

「きっと仲良くなれたよ」

「どうかしらね。本当にそう思える？」

「なんでよ、思えないの？」

「景子ちゃんがこっちに来てくれることは？」

「え？」姪は答えを先延ばしにする間抜けな調子で聞き返した。

叔母は後ろに椅子を滑らせ、机の上に毛抜きを置き、ゆっくりと戻ってくる。「例えばね」と彼女は言った。ある頃からの姪は、叔母がこんな風に前置きすると多少身構えるようになっている。この時もすでにそうである。「誰もいなくなった院を閉める時にさ、いざ電気を消そうと歩きかけて、ガラス窓に、自分の姿がはっきり映るじゃない。それを見て、無意識に何すると思う？」

「……何？」

「白髪をさがすのよ」と叔母はぶっきらぼうに言った。「そんな風になりたい？　ホント、そういうのに気づいた瞬間って、ぞっとするわよ。どんなに気が合って悩みを共有して、今よりずっと真剣に話し合えるとしても、二人とも四十代なんかになってまともにお喋りなんかするもんじゃないの」

姪はその意をはかりかねて押し黙る。叔母の顔から視線を外し、虚空をきっと見るばかり。今しがた涙を流したものとは思えないほど粛とした目つきだと、これはまた別のときに叔母からふざけ半分で言われたことだ。

「強いて言えば、そういうことは思うのよ」と叔母はぽつりと言った。そして姪の膝を、子供がでたらめにピアノでも叩くようにいくつもの指先で鳴らす。「ほら、終わりだったら」

「ありがとう」姪は涙の残りをぬぐいながら言った。読みかけの本があることをふと思い出す。立ち上がる。「もう行くね」

「人間の目を何万個と見てきたけどね」帰りかける姪に向かって叔母は言った。「その目が、生き方も死に方も決めてしまうような気がするわ。前途多難と言うほかないわね」

「でも、眼球ってみんな同じ大きさなんだって」と生意気な姪は言った。そして自分の言葉に興を起こされたかのように、指で輪をつくり、目にあてがってそこから相手をのぞきこむ。「目玉の親父になれるなら、どんなことでもするわ」さらに続けようか迷うところで吐かれた息には暗い響きがあって、彼女自身もそれに気づく。「またね、ゆき江ちゃん」

「お大事に」つかんだドア枠を支えに曲がり出て行く姪に向かって叔母は言った。こんな時は、患者に対する声色を使うのである。

いつだったか、そのドア枠を指して「景子ちゃんが何度もつかむから、そこだけ色が変わってしまった」と叔母が嬉しそうに言ったことがある。もちろん、ドア枠に明らかな痕跡は見当たるはずもないが、そこに誰かがいた痕跡に関するマニアである叔母には見えるのだという。エレベーターに漂うファストフードの芬々たる香りとか、橋脚についた無数の粉っぽい軟式野球ボールの跡、公園のフェンスの一マスに詰めこまれてぶら下がった子供用の薄っぺらいウインドブレーカーなんかが、叔母にとっては大いなる興味の対象なのである。サン＝テグジュペリのオレンジ問題というのもあった。羊を隠しながら寝床を用意してやったフランス人操縦士のことだから、飲み干

すように食べ終えたオレンジの皮をきっとリビアの砂の上に置いていくだろうというのが叔母の考えだ。彼女は決して、あのフェネック、もしくはしなびたコブを背負った通りがかりのラクダがそれを食うか食うまいか鼻先と唇で逡巡している「ステキな場面」を夢想して口に出したりはしない。あらゆる可能性をそっとしておいてやる、無粋を承知で優しさと呼ぶしかないようなものの断固とした所有者なのである。

外に出るともうずいぶん暗い。生暖かさが裸の二の腕にまとわりつくように感じられる初夏の夜を、少女はまっすぐ家に帰る。人通りの少ない住宅街の細い道を全力で走って。その季節のことだから、日中は秋田犬が柵の向こうで横倒しにへばっていて、夜になるとナナカマドが植わった家のそばの街灯の明るみに羽虫がたかっている。思い出すこと多く、ありとあらゆる過去の感情を拾い集めることのできそうなあの道を、できればもう通りたくないという気もする。

日を隔てて、少女が全てのテスト日程を終えた日の深夜、夜更かしな家族の寝入りばなのことである。彼女は手入れの行き届いた自分の部屋の電気を消し、机のライト

だけを頼りに、ここ数日かかずらっていた読書ノートを書き終えたところだ。朝霞という古典担当の教師に提出するための読書ノートは、一年二組の担任だった彼が「朝の読書」という時間において始めたものである。しかし、二学年に進級し「朝の読書」が「自習時間」に変わったことで、読書ノートは学年全ての生徒を対象に広げて自由提出となり、当然の帰結として提出者はほとんどいなくなった。少数派の少女は疲れ切った目でいったんノートを閉じ、また開く。その字は、およそ綺麗なものとは言い難く、栄養失調のように不健康なゆがみを見せている。ちなみに、少女の母親もまた、その線一本引き終わる間すらじっとしていられない欠点について憂慮した者の一人である。小学四年の頃、通いたての書道教室を早々にやめてしまった顚末を書き記しておくことにしよう。母親というものは時折、病院にでも連れて行くように子供を習い事に通わせる。いつも和装の三十代そこそこのふくよかな女性師範は、少女に上達の手応えすら感じさせてくれたのだから大したものだ。教室は一階の半分がガレージになった建物で、いつも白いクラウンがとめられているのだが、ある日、その天井にツバメが巣を作ろうと目をつけた。とはいえ、まだ申し訳程度の泥が点々と付着しているに過ぎない。しかし、いたずらに判子が押されたように増えていくその点

は、少女の密かな楽しみとなる。その矢先、少女は熱を出して学校を休み、母に病院へ連れていかれる。その帰り道、医者に舌の根を押さえつけられながら考えた作戦を実行に移し、母親を説き伏せにかかる。つまり、ぜひとも回り道して書道教室の前を通ったら、素敵なものが見られるし、そんなものを見たら元気が出るにちがいないと。さあ、ふらふら歩き、ツバメの仕事ぶりをうかがう前に少女の目にとまったのは、師範が、磨き上げられた白いクラウンのボンネットの上に裸足でガニ股に立ち、デッキブラシの緑色した先端を天井にあてがい、不器用に体全体を揺らすようにして「汚れ」をこそげとっている巨大な後ろ姿であった。一緒にいた母親がどんな様子だったかは覚えていない。とにかくあんなにぐだぐだ言う母親が、教室をやめるにあたって、少女の意向を最大限に尊重したことは確かである。

この夜の少女は、そのことについて思い出していただろうか。彼女の労作をくたびれたキャンパスノートから引き写す形で紹介するが、誤字脱字、字の内側やくぼみを塗りつぶされた子供っぽい跡は、筆者の正当な権利として直してある。

題名　『水族館の歴史』

著者　ベアント・ブルンナー
訳者　山川純子

昔から水族館が好きでした。サンシャインも海遊館も、鴨川も八景島も名古屋港も、美ら海《ちゅうみ》も沼津港の深海水族館も、かごしま水族館も、登別も、宮島の水族館にも、家族みんなで行きました（私の母は無類の旅行好きで、稼ぎのすべてを家族旅行につぎこむのです）。

暗く青い海に沈んだような館内では、人間の方の肩身が狭く感じられます。なるべくゆっくり歩き回って見上げた魚や水の美しさは、そのくせ地上に出たらすぐに忘れてしまって、母なる海へ無性に帰りたいという思いでうずうずしてくると、足を運んでちょっと顔をつけて目をぱちぱちしばたたいて見るような具合です。旅行先で「水族館に行きたい」と言うのはいつも私でした。

『今でこそ水族館の存在はあたりまえになっているが、百五十年前、まったく異質な世界を窓からのぞく経験がどんなに驚異的だったことかを忘れてはならな

い』

十八世紀以前、海は不吉な出来事や死を連想させ、タブー視されていた場所だったと書かれています。ましてやその底があるとすれば、何も棲むことができない暗黒の世界です。

事の始まりは一八四六年、女性研究者の家の水槽でした。イギリスの海洋生物学者アンナ・シンが、海から持ち帰ったサンゴを高価なガラスの鉢に入れて観察を始めたのです。お世話係のメイドたちが、毎日、容器ごと四十五分間しっかり振って酸素を補給しました。そんな環境でたくましくも自然増殖したサンゴは、結局三年も生きたそうです。とはいえこれは幸福な例で、この時分には、室内に海を持ちこもうなんて、まだまだ無謀なことであることに違いありませんでした。

しかし、その魅力にあらがえるはずがあるでしょうか。水槽飼育はどんどん広まって、学者や愛好家によって進歩、発展していきました。その中でも、特にがんばっていたのが、フィリップ・ヘンリー・ゴスというイギリス人です。「アク

アリウム」という言葉の生みの親でもある彼の本には、きれいに彩色された絵や気取った文が載っています。小さな赤いエビがかわいくて、私は私の本棚に余分をつくっておくことにしました。

さて、ゴスの努力の甲斐もあって、技術・設備はますます長足の進歩をとげていきます。酸素の自動補給機能、丈夫なガラス。大規模化が可能になったアクアリウムは、お金をとって公開されて娯楽施設となり、次第に「水族館」へと姿を変えていくのです。

水族館（水槽が並んだ広間といったもの）にやってきた人々は、並べられた水槽をのぞきこんで、イソギンチャクやサンゴを見て目を丸くしたり、さんざんうろつき回った挙げ句、いったい見るものはどこにあるのかと入場係に詰め寄ったりしたといいます。その間にも展示した魚はいともかんたんに死んでいき、次々と目録から削除されていきました。

これより先、筆跡がいささか細いものに変わっている。少女が逆さまつ毛を処理された日、帰宅して冷凍のパスタと袋詰めされたサラダで簡素な夕食を済ませた後、自

室で遠慮がちにジェリー・リードやなにかを流しながら書いたものだ。そんなものを聴きながら情感こめた文章を書く女子高生が実在してなんの不思議もないこの時代では、さも愉快そうな乾いた笑い声が響く中、アメリカの乾いた埃っぽい大地に水族館が建設されていくのである。そして、そんなことすら退屈だということに、誰も異存はないだろう。

彼らが、今日の水族館を見たらどんなに驚くことでしょう。

広い館内では、様々な形の水槽が夜に沈められた光の氷のように浮かび上がっています。そこに、一張羅の紳士が、細くしまったコルセットに広がったスカートの貴婦人を連れて、胸を張って少しちぢんだ影をつくってやってくるのです。彼らの目の前には昼と夜を溶かしこんだ夢のような光景が広がります。魚が空を飛んだように上を泳ぐ海中トンネル、ぐにゃぐにゃゆがむ大きな水銀玉のような魚の群れ、色とりどりの光を透かしてたゆたうクラゲたち。カーブを描いて見わたすことも敵わないほど長く続く、天井を突き抜けた海の前に突き当たると、とてつもなく大きな魚ともサメともクジラともつかないもの（それはジンベエザメ

というのです）が、大きな口を開けて自分の方に悠然とせまってきて、素知らぬ顔でゆったりと方向をかえて、自然が心ゆくまで付けた斑点模様や、震えるエラのか弱い裂け目を見せつけるように通りすぎていきます。

その時、十九世紀からお越しの紳士と貴婦人はどんな顔をしているでしょう。何もかも、見たこともなければ夢にえがいたこともない鮮やかな世界が目の前に広がっているのですから、目を見張り、息をするのも忘れて、人生を巨大な何かに押さえつけられるような衝撃を受けるに決まっています。

私は、彼らのありもしない驚きと、自分に起こるくだらない驚きを、どうしても比べてしまうのです。

私は、今の世の中を、今の進み具合の中で、今の人たちと、今まさにそうするみたいに驚いて、なんでしょう、ほどほどに驚いているという気ばかりするのです。想像しなかったけれど、想像してもおかしくなかったものが、私の前に現れて、私を喜ばせたり、悲しませたり苦しませたりして、なんだか身の丈に合っていると思います。その感情が頼りなく薄い心と体から去りかける時、思うのはいつも、なんだかとてもつまらないということだけ。趣向を凝らしてつくられたも

の、私の生きているこの現実。驚きを、歓びを、哀しみを、サプリメントでも飲むように摂取して自分を保つようなことの全部がむなしい気がします。本当はきっとそんなことないのに、大切な時間を台なしにして、打ちひしがれている自分の姿が、どうしても目に浮かんでくるのです。

この前、私は誰かに告白されました。その人が私を好きなことは、うすうす勘付いていたのです。その人の考えていることがわかる気がしてイヤになって、心配していた通りになるのですが、私はそれを未然に防ごうともしないのです。でも、どうしろというのでしょう。ああ、あの人を自分のものにしたくてたまらない。そういう気持ちはわかります。でも、それなら黙っておくのが美しいのに。

ウェイン・ルーニーの一件と無関係ではなかったと思われるが、こうして思春期の表舞台にひっぱり出されることがたびたびあったのは確かである。それはともかくとして、彼女は、彼女そのもののように、いささか傷つきやすい文体をもっているらしい。

好きなことを、好きな人にも、秘密にしておきたいと思うのです。秘密にした分だけ、大事な気持ちになったり、価値があるように感じたりするのは、取るに足らない錯覚でしょうか。気持ちはすぐにはっきり示した方がいいとか言うけれど、でも、隠した分だけ驚きがあったら、それは価値があるということではないのですか。もちろん、その程度の価値ではあるけれど、やらなかった後悔の方が大きく残る、なんて言わないでほしいのです。

その人は、自分の勝ちで終わる方に向けて喋っていました。私は何も思えず、なのに腹が立ってきて、その気持ちがいやで、私ごと嫌いになりたくて、悪い女になって、覚悟次第で誰でも言えるような言葉を並べたら、みっともなく生唾をのみこんでいました。

自分が損なわれたと感じたときに、そのおとしまえをつけなければ気が済まない人たちがいます。些細なことでも、一言を言っておかなければ気が済まない人たち。ただの事実を、自分の弱さとか他人の欠点とか、虚しいものに変えてしまう人たち。そんな人たちと関わったとき、自分も同じなんだと気づかされて、本当にいやになるのです。それを人間らしいと呼ぶものでしょうか。

彼ならきっと、誰かに言うはずです。言わないはずがないんです。そういう人だから。自分のことにしか興味がないから。話す言葉がそのまま自分と思っているから。

好きという言葉は妙ですね。でも、それでしか表現できないものがあることをはっきりわかるようになりたいのも本当です。この世に生きてきた人たちが思い人に向けて「好き」と発したその震えは、世界のどこかに、吹かれた落ち葉がひとところに集まるようにして、折り重なっている。そこを長々とさぐったら、私の「好き」と同じもの、それかとても気に入るものがきっと見つかる気がするので、やっぱり「好き」と言うほかない気がします。だから言いたくないのです。

もしもどこかから、おぞましい噂を耳にするようなことがあったら、くれぐれも気になさらないでください。私は状況を悪くさせる才能に恵まれているみたいです。なにしろ私の好きな孤独というのは、おそろしいこと言う人があるものだと思いましたけれど、「修学旅行のバスの窓際でカーテンにくるまって流れる景色を見ながら味わえる」ものなんですって。

まだ続きがあるのだが、筆跡に明白な変化は見られない。とはいえ、その趣には、丁寧に書こうとする血脈が透けて見られ始める。少なくとも、彼女の字を習慣的に目に入れ続けてきたものであれば見抜けるぐらいの変化だ。それは彼女の、本を読み終える前から感想を書き始めるという癖に由来する。さかのぼれば、彼女は「カチカチ山」で二度泣いている。一度はおじいさんのために。二度目はたぬきのために。

そういえば、この本を読んでいたら、仲の良かった友達に水族館への誘いを断わられたことを思い出しました。あの頃の私は、どうかしていて、どうかしたまもう戻れないのです。操り人形なら、ほとんどの糸が切れてしまって、手だけが満足に動くという様子です。人形の方はともかく、操り手の方が、快活に動き回って、手を広げたり膝を折ったりすることに飽きてしまっているのです。こんな言い方、気取ってよくないでしょうか。

居心地がいいとはとてもいえない世界のようですけれど、そんな世界を生き抜くために、ぴったりの言葉をこの本で見つけて、少し平気でいられそうです。

『優雅にしかも堂々と休み、軽々と泳ぎ、生き生きと遊び、狡猾に潜み、懸命に格闘する』

ハンブルクの水族館の冊子に書かれていたそうです。こんなふうに生きられたらステキだろうと思います。魚と同じように。たとえそれがガラスの箱の中だって。いえ、ガラスの箱の中だからこそ。

これからどんどん暑くなります。お体に気をつけてくださいね。

一人の部屋で、今一度書き終えたばかりの文章を読み直している少女は、悩みなど全くないように見える。書くことそのものに喜びを見いだす性質が、今まさに書いている己を亡き者としてしまう。例えば、水族館への誘いを断わられた出来事についての信憑性はかなり疑わしいものがある。数行を埋めるために収まりのいい嘘を書いてみたとすれば、その時彼女は得意である。それでも読後、余白に目を向けた顔が翳りゆくしか道がないように推察されるのは、この一ヵ月の少女の暮らしぶりに鑑みてのことだ。書かれたものというのは、ほとんど一瞬目を離した隙に、作者と読者と世界

が鼎立《ていりつ》するその中心というよりは重心に巧妙に位置され、今後一切、変動するその位置へと引き離しておくために読まれ始める。いつまでも得意な「善悪の字しりがお」とやらをしてはいられないのである。

少女は急にノートをとじてペンとメモ帳をつかみ、さらさらとハンブルクの水族館のフレーズを書き出す。一言半句も違わないことを確かめても、特に表情は変わらない。中指の腹で電気スタンドのスイッチを押して立ち上がると、後方のベッドに向かって倒れこみ、いつもの俯せの体勢をとる。壁ぎわに丸まっていた気球が群れ飛ぶ子供っぽい十年物のタオルケットをたぐり寄せ、少女は不思議な興奮の中で眠ろうとする。

あまりの日差しの強さにカーテンは東側が半分ほど閉められている。興奮気味の空気にいつもの気だるさがなりを潜めた教室では、およそ四十人の生徒が答案の返却に来る教師を待っているところだ。そこかしこで、口やかましい会話、ちょっかいの掛け合い、返却済みの数学Aの答案とのにらめっこ、睡眠、沈思黙考、音楽鑑賞などが

調和を保って進行している。少女もやはり待っているが、そうはいっても、教師が入ってきて教室が徐々に静まり、テストの束が教卓に置かれてしまえば、彼女の名前はすぐに呼ばれることになる。さて、その工程が――教師のパーソナリティーに依る所が大きかったが――比較的しめやかに済まされる。

「阿佐美さん」と教壇に立つ先生は言った。物古りてはいるが、手入れが行き届いて清潔な印象のある四十代か五十代の男である。

　期待と不安の入りまじったクラスメイトたちの合間をぬって、女生徒は教卓の横へ。彼女は先生の顔を見ない。テストをのぞきこむと、47という数字を見つけられる。

「よく勉強していますね」と先生は言った。

「いえ、こんなの間違えちゃって全然ダメです」と少女は言った。先生のわきから身を乗り出すようにしてミスした部分を指さす。二つの腕が触れるか触れないかのところで交差する。

　その姿を、誰かが注視していたことだろう。いささか無防備なことに、少しでも長くその場にいたいような様子が女子生徒に見て取れる。彼女は先生の目の前で自分の

間違いを確認し始めるのである。

「主語の判別はよくとれている方です」と先生は穏やかな口調で言った。それから、ほんの少し声を落とす。「今日は時間がありますか」

「大丈夫です。お願いします」

「それはよかった」先生は幾分大きく息を吸い、前を向いて次の名前を呼んだ。

席に戻ろうとした少女は狭い通路で次の男子生徒と対峙する。歩度をゆるめ、上半身をひねるようにして道をあけると、彼は、すれちがいざまに少女の点数——それは入念な二つ折りの努力もむなしく透けていた——を覗き見した。

「わ、すげえ」意図せず耳元でささやく形になった声と息は少女を振り向かせる。

少女は相手の顔をしばし見つめると、「十六点」と晴れやかな顔つきで言った。

「え?」憎めないタイプの男子生徒は拍子抜けの声を出し、周囲で起こった小さな笑いの中、少女に曖昧な笑いを返した。

その日、全科目の返却が終わった。彼女は軽いスクールバッグを肩にかけて自習室へ向かう。ここで少し時を遡る必要がある。少女が先生の授業を初めて受けることになるのは、なすがままの中学入試を通過して近所の私立中学に入学し、そのまま高校

に上がってすぐのことだ。『徒然草』二百四十三段、卜部兼好《うらべのかねよし》と父の他愛ない会話の記憶。文法の問題だけが話し合われ、それ以外の諸問題は放っておかれる。ただ読むという押しつけがましくない授業は、運良くすり込まれていた青い文学的素養にも好ましいものである。二年になり、授業後に読書ノートをこっそり出すついでに質問するようになった彼女を先生は鷹揚に受け止め、学問的斡旋者にならぬよう教えた。その態度は叔母に空似するものだ。ある日、女生徒は放課後の予定を訊ねられた。読書会のようなものなのですが、と言葉を濁した先生に、彼女は一も二もなく返事をし、体育終わりのどこかうわついた制服姿で、ちょうど今と同じようなどこか浮かない表情のまま、階段を下りて行く。図書室に併設された自習室には、教師のほかに男子生徒が一人だけ。違うクラスの生徒で、大内という名前だけは知っている。年頃というには大げさなニキビの群れが彼の顔を支配しつつあり、彼が寝支度をしようと鏡を見たときに何を思うか想像するのは、少女にはとても不可能に思われてしようがない。「よろしく」とかすれ声で言う彼は、それを恥じるように咳払いをして黙りこんだ。その日、彼らは『今昔物語集』から醍醐天皇の生母の生誕の物語を読んだ。以後、月に一度か二度、彼女はその読書会に出るようになる。彼女はほとんど喋ることもな

く、ともに押し黙る男子生徒とともに教師の話に耳を傾ける。それは彼女にとって、居心地が良いとまでは言わないが、少なくとも悪いことではない。

さて、同一平面上のきなくさい当日に戻ってきた。あの日と同じように、自習室のガラス扉越しに、隅に座っている男子生徒が見える。いつもの席だ。テーブルを二つほど隔てて、もう一人、一年生らしい女子生徒が自習をしていた。男子生徒はいち早く少女に気づいた。ガラスを隔てて表情を持たない会釈を済ますと、相手がそれに応えているうちにまた下を向いた。自習室の扉は重すぎて、少女は体を預けるようにしなければ開けられない。室内の冷房が、彼女が幼少期に事あるごとにかじりつくことになった吸入器に似た水気まじりの音を立てている。冷気に華奢な体を冷やされ、二の腕をさすりながら男子生徒の隣に座ると、お互いごく自然に距離がとられる。先生はなかなか来ずに五分ほど経った。その間、自習室で動きらしい動きを見せていたものといえば少女の下唇だけである。それは少しずつ口の中に吸いこまれていく。少しかさついた唇が白い肌に切り替わる部分の遠慮がちな窪みまでもが、血の気を部分的に失いながらとうとうしまいこまれそうになる。

まるでそれを合図と決めていたようだった。突然「テスト、四十七点?」と男子生

徒が言い、ぎこちない笑顔を披露した。

「そうだよ」少女はすまし顔で答えた。解放された唇へ、瞬く間に血色がよみがえる。

「こっちは四十六点。一点負けた」

「そうなの」

男子生徒は軽くうなずいたきり何も言うことができない。それを見てとった少女は腰をかがめ、足下のスクールバッグをさぐり始める。頬がテーブルにはりついてひんやりする。整然と詰まった前頭部の髪の毛の生え際を相手にさらし、彼女はスクールバッグから学校指定のカーディガンを引っ張り出す。隣に配慮し縮こまって袖を通し始めるが、そんな時は急に思案投げ首といった顔つきになる。

「先生に聞いたんだ」と少し遅れて男子生徒が言う。力なく鼻をすすった。自分の発言を悔いているのかもしれない。それを示すことで謝罪の代わりにしているようですらある。

「仕方ないよね」と少女は実に理知的な顔で言った。「最後の問題って私たちに満点とらせないためでしょ」それから下を向き、また例の顔でカーディガンの袖へ腕を進

ませる。『源氏物語』の主語の判別なんて」

男子生徒の顔には戸惑いとも恐れともつかない表情が浮かんできたが、それは次の瞬間に喜びへと転調しそうな勢いも含んでいた。こんな描写は図々しすぎるだろうか？　まだ新しい自習室の強張った空気の中、二人は教師を待ちながら、それでも答案を突き合わせる思いきりはない。聞こえてくるのはわずかな水気を混じらせている冷房の音、女子生徒が一人きりページをめくる音。自習中の彼女がいなければ、もう少し愛想良くしていたかもしれないと考えたりもする。もしくは、一人きりの少女が自分だったら、と。やがて先生がやってくるのを男子生徒が先に認めた。先生は二人の向かいに座る。同時に差し出したプリントを計ったようなタイミングで受け取ると、少女は前髪を横に振り、どこか優雅な素振りでその短い文章を確かめる。

「世阿弥の『却来華』です」

一拍おいてくもった彼女の表情は、隣にいる男子生徒が気づくほど時間をとってその場に留まり続ける。先生はゆっくりした動作で椅子に腰かけ、咳払いで合図する。生徒たちはそれぞれに趣味の良い筆記用具を構えて利発な双子のように姿勢を正した。

当道の芸跡の条々、亡父の庭訓を受けしより以来、今老後に及んで息男元雅に至るまで、道の奥義残なく相伝終りて、世阿は一身の一大事のみを待ちつる処に、思はざる外、元雅早世するに因て、当流の道絶えて、一座すでに破滅しぬ。

「世阿弥は幼少から父観阿弥が看板役者を張っていた一座に所属し、十二歳の時に見物していた足利義満の目に留まりました。以後、その庇護を受けて能の道に打ち込み、義満が亡くなり、義持の代になって庇護の手が衰えた後も、自らの能を深化させていきます。その頃に書き上げられたのが『風姿花伝』です。しかし、義持が亡くなり、義教の代となると、それどころではありませんでした。義教は世阿弥の甥にあたる音阿弥を引き立てたのです。世阿弥の一座は、演能を制限されるなど手厳しい迫害を受けるようになりました。それでも、一子相伝の技能が残れば、世阿弥は希望を持っていたことでしょう。ところが、自らの能の奥義を息子の元雅に伝え、一身の一大事、すなわち死を待っていたところで、彼は自らより先に、息子の死に突き当たりました。奥義を授けてくれた父と奥義を授けた息子、二つの死の狭間に取り残され、彼

は一座の破滅を宣言します」

生徒たちは思い思いプリントに書きこみしていたが、口に出された破滅という言葉の強さにちょっと息をのみ、顔を上げた。少女の視界に、男子生徒の何か主張するような強い瞬きの残像が残される。

さるほどに、嫡孫はいまだ幼少なり。やる方なき二跡の芸道、あまりにあまりに老心の妄執、一大事の障りともなるばかりなり。たとひ他人なりとも、其人あらば、此一跡をも預け置くべけれども、しかるべき芸人もなし。

「やる方なし、はどうでしょう」と先生が男子生徒の方に顔を向ける。
「どうしようもない」と男子生徒は答える。
「そう。晴らす方法がないということです。では『二跡』の意味はどうですか」とこれは二人に問いかけるようにした。

男子生徒はしばらく黙って考えている間、口を開きかけてはまた閉じ、魚のようにしていた。彼は何か無理にでも発言することを美徳としているのだ。やがて彼は「能

と、何か別の、芸術のことですか……？」と歯切れ悪く言い、先生を見た。

少女の目に高揚感が宿りかけたが、すぐに薄い二重まぶたの奥に押し戻され、一度のまばたきで手品のように元通り切り替わって大人しいものになる。

「阿佐美さんは？」と先生が訊いた。

「いえ」と前置きしてから女生徒は言った。「わかりません」

「これは観阿弥と世阿弥のことです。つまり、ここは、後世に残される希望を失った親子二代の芸の道が、あまりにも老年の心をかき乱す妄執、往生する障りとなるばかりだ、ということです。そして、一族でなくとも跡目を継げそうな人は見当たらない」話しているうちに先生の痰がからんでくる。しかし、彼は唾を飲みこむだけで咳払いをせずに続けた。「この二年後、世阿弥は佐渡に流されます」

「何でですか？」と男子生徒が顔を上げた。

先生はそこでやっと咳払いをして痰を切った。「諸説ありますが、はっきりしたことはわかっていないようです。南朝方と通じているという疑いをかけられたという説もありますし、義教が、自分以外の子を溺愛した義満を恨むあまり義満が引き立てた者も十把一絡げに嫌ったからだとも言われます」

「かわいそう」と少女は言った。

「かわいそうですか」と教師はどこか愉快そうに言った。それから男子生徒を見た。

「大内くんは、かわいそうと思いますか？」

「僕は、歴史上の出来事にかわいそうも何も思えないです」ときっぱり言う。

手首を丸めて頰杖をついていた少女が上目づかいで大きく見える目を動かす。それは身振りを控える場面で起こる珍しくもない現象ではあったのだが、相手をひるませるのには十分だっただろう。

それは覿面《てきめん》に効果を表した。「わからないけど」と男子生徒は問われもしないのにしおれきった調子で付け加える。「なんだか、本当に同情できないような気がする。フィクションみたいで」

「どうして？」

「じゃあ逆に聞くけど」男子生徒はうろたえながら、自分の口に規律を回復させることで精一杯という様子だった。「何百年も前の、顔も、どんな暮らしをしていたのかも詳しく知らない、この文章で初めて知っただけの事実に対して、はっきりとは何も思えないような、そんな感じがする」

少女は、前置きとちがって何の質問も投げかけられなかったことを言いそうになる唇へ待てをかけるように薬指を、おそらくは無意識にあてがう。男子生徒の方でも違和に気づいたか、恥ずかしそうに黙りこんだ。テーブルに短い沈黙が降りた。

少女がその沈黙を破ったのは、彼女が生来の姉気質を家に置いてこられるような人間ではなかったからだ。「じゃあ、後でだったら思えるの？　すごくよく調べたりした後なら」と彼女は相手をのぞきこむ風に言った。

「少なくとも思いやすくはなる。でも、後でだって思えないかもしれない。何百年って時間を飛ばして、あっけなく自分の目の前にあるっていうことに圧倒されるし、逆に拍子抜けっていう気もする。嘘みたいな感じがする」

「でも、世阿弥だって生きてたんだって思わない？」

「それを疑うわけじゃないけど。例えば戦国武将とかを感情移入して好きになれたりはしないタイプなんだ」

「戦国武将はそうかもしれないけど、こういう人も同じなの？」

「大体はね」

「そんなに詳しくない私が言うのも変だけど、すごくバカらしいことを言うようだけ

ど」と女子生徒は注意深く強調して言った。テーブル上のプリントの隙間に目を落としながら、その焦点はもっと奥に合わせられている。「この人、すごくいい人だってと思う。息子思いとかではなくて。なんていうか、この人が生きてたってだけで、この世も悪くなかったんじゃないかって思えるような、とにかく、そんな感じで」話すほどに声は勢いを無くしていく。自分たちが会話をしていることへの些末な後ろめたさが、思考を鈍らせているようだ。

先生はそれを察したにちがいない。「死者というのは大きな問題です」と穏やかに言った。そのわずかな間に、しみの浮かんだ手が何度か組み直されて、ひとところに落ち着く。年長者の節々が強調された力がこもらないのに閉じかけの手ばかりを少女はよく記憶している。「この世に一人である時、私は死者と語ることを生き甲斐としてきたような気がします。そんな表現が許されるなら、ですが。死者について誰かと語ることはできても、誰かと共に死者と語らうことはできません。例えば、葬儀に出向き、死者との思い出を語るなら、それは生者と語っているのです。その音と熱と風景は確実に双方の精神に影響を及ぼし、死者を追いやります。そんな時、死者は喜びも悲しみもなく席を外してしまうのです。純粋に死者と語ろうとする時、私はこの世

を離れる努力を強いられているような気がしますが、もう一つ、そんな気分になる時があります。本を読む時です。文字という自然を離れた意味だけができることです。この無機質な記号の海から浮き出す雲に翻弄され、夢中になり、苦悶している時こそ、質的に、死者と語らうことに比肩すべき時間なのではないかと考えるのです。それでも、私たちが今、声を出し、空気を震わせ、熱を交換し、話そうとする相手は、目の前にいる、生きた人間たちです。それ以外にあり得ません。意見や言葉をともにしながら、わかりあえず、傷つけ合うならまだしも、わけもわからず突き放される。それは死者と語る時には起こりえないことです」

その途中、一人でいた女子生徒が退室していくのを少女は見る。今思えば、せっかく落ち着き払える場所を見つけた彼女は彼らを邪魔に思ったかもしれない。その時は何一つ気にせず済ませていたことが、今になって胸を痛めるのだ。退室者は室内の空気にわずかながらの変化を与え、触発されたエアコンがまた音を立てて冷気を吐き出し始めた。話に夢中の少女は、馬耳東風とばかり、体によくない冷風を浴びていたことだろう。事が本当にひどくなるまでいつも気づかない。

「世阿弥のことをもう少し話しましょう。世阿弥は佐渡に流された経験をもとに小謡

をつくっています。悲痛な謡ではありません。佐渡の山雲海月、花鳥風月を特に悲哀もなく謡い、流刑になった人々を思い返しながら、どちらかといえば恬然《てんぜん》とした調子です。『げにや罪なくて、配所の月を見ることは、古人の望みなるものを、身にも心のあるやらん』という箇所があります。罪なくて配所の月を見るというのは、流刑地のような辺境の地で、罪人としてではなく普通の人として見る月のことで、最上の趣きを意味します。ここは前の部分と合わせて、老いて夜中に目覚めやすくなってその時間は月を見るのが頼りになっているが、それは罪のない状態で配所の月を見ようとするせいだろうか、体にも心があって、その月を見るために目覚めているのだろうか、と言っているところです。世阿弥の伝書の中で使われる『心』は一筋縄ではいきませんが、ここでは素直に使われているようです。そして、世阿弥は理不尽な罪を着せられたことを自覚しています。しかし、どんな胸中であったかを隠す術も、隠さぬ術も、隠しているのを見せる術も心得のある世阿弥ですから、小謡の書き様から読み取ることはしない方がいいかもしれません。人間の心が術に隠されるのだとしたら、人間の差異とは、どこで生まれるのでしょうか。こういう時、私たちは何か勘違いをしてはいないかという疑問に突き当たるのです。それは、私たちは自分で何らかの選

択をし、その積み重ねの結果、今のような人間になったという勘違いです。私たちが、どうしてこうも違ってゆくのかということに対する甚だしい欺瞞です。心の中には、物見の塔があります。その時その時、自分の望む形に作り上げようとする物見の塔です。そこに住まう己には、どんな形かはっきり全体をつかむことのできない、しかし時に他人に見られることを予期して、長年かけて築き上げてきた、一つのもっともらしい塔です。私たちは、そこから他人を見るのです。そして、その塔をひっきりなしに増築し、修繕し続けて生きています。人が他人との違いを言う時、その高さや装飾を比べているように見えてしょうがないのですが、私はどうも、そうとは考えられないのです。物見の塔の完成を夢見て懸命に工夫しているつもりですが、真の問題は、いつも問題にできないことに決まっています。その塔を組み上げるために用いたかもしれないもの、知らぬ間に錆びて外れたかもしれないもの、あるいは気に食わないでそっと取り去ったかもしれないもの、備え付けることも敵わずあきらめ、手放したかもしれないもの、あるいは端から使えぬものと手にも取らなかったもの、塔の下に、渾然一体、山のように積み上がり、あるいは風化されて土に混じったガレキ。踏みにじり、軽視し、無視し、隠し通そうとし、とうとう全く忘れ去っているそのガレ

キこそが、私たちの差異を生み、私たちを他人同士にしているのではないでしょうか。そして、何かを棄てているとしたら、私たちにはそれを認識することができないので、それはどうせ、生まれつき棄てているとしか言えないのです。そして、まるでそれを肥やしにしたかのように塔は成長していく。それこそが私たちの、最終的かつ根本的なわかりあえなさの正体のように思えるのです。問題はいつも、それを作り上げるために必要としないものであり、それに対する態度です。それは、ありもしないのに、決してなかったことにできない呪いです。誰にも上手く伝えられない、ある程度の長さの話に物語ることすら不可能な出来損ないの記憶が、漠とした空白として留まり続けるのです。世阿弥は、能の戦略として『秘すれば花』と書きました。しかし、今や芸能に限らず、人生訓としても広まっている言葉です。『この分目を知ること、肝要の花なり』という続きがあります。秘するためには自覚しなければなりません。いやでも立ち入り、傷だらけになり、血を流しながら、ガレキを掘り返さなければなりません。詮ないことを自明としながら、その態度を示さなくてはなりません。その時にこそ、底が抜けるような転倒が実現されるのです。それが人をして畏怖させるのです。やり方は、人それぞれでしょう」

話の内容は女子生徒にとって、一歩間違えればばかばかしく感じるほど大問題だったはずである。しかし——これははっきり思い出すことができるのだが——それに勝るとも劣らないほどの寒さが、この間に彼女を取り巻き、押し寄せていた。クーラーはほどほどに作動していたに過ぎないが、少女の手の冷えこみは、少し離れて見れば誰からも明らかなほどで、彼女はいつの間にか、太ももの下に手を差し込んで暖を取りつつ話を聞いている。この「適温」に苦しむという弱味がどれほど社交を困難にしてきたかわからない。夏場のリビングに置かれた灰色の首振り扇風機のぬるい風が、私の心を不思議と慰めてくれるのである。どうも、少女といっしょに集中力を失ってきたらしい。

「先生は、そのやり方を見つけることができましたか？」と男子生徒が言う。どうも正義感に溢れた言い方。彼のプリントの余白には「物見の塔」と刻まれてあり、すぐそばで持ち直されたシャープペンシルが円を描いた。少女はますますの冷感を覚える。それは肌をさす冷気と区別されているのだろうか？

問われた先生の瞳が、万力で締め上げられるように歪む。寒さに取り憑かれて発揮されたおびえるような集中力だけがわずかな違いを感知したらしく、少女は話に耳を

傾ける振りをして顔をそらす。それとも、その動作は相手を視界の隅に追いやるためだったのだろうか。いや、そもそもそんな態度は示さなかったかもしれない。せめてこの場だけでも少女に顔をそらして欲しいと思うのは、次の言葉を知っているためだ。

「私は小説を書いています」

秘密を打ち明ける際に流れる沈黙がやはり現れた。女子生徒は何か言う代わりに戸惑いを兼ねた微妙な目つきを教師にやる。先生の目にすぐさま色をさしているのは、まぎれもない後悔である。少女はそれに少し安心しながら、ある種のおぞましさを覚える。

「こんなことは恥ずかしいことです。誰にも言ったことがありません」

「どうして言ってくれたんですか」と男子生徒が興奮するように問いかける。

「ある事実というのは、勘付かせぬまま突然出すからおもしろい。だから、いつもそれを用意しておかなくてはなりません。それで心の平静を保つこともあるでしょう。私は弱く、花なるべからずとわかっていても、秘密をいくつも抱えて恬然としていることはできないのです。秘密をもちながら、それを明かしていかなければ不満な未熟

者です。だから話すのです」

　少女もまた何事か言いそうになる。その表情には怒りすら見える。だが口の動きに現れるのは、ぶっきらぼうな声の出そうな、とがった雰囲気だけである。何はともあれ、彼女は世阿弥の言いつけを守り、と言うよりも全てに秘をはべらせる覚悟でその衝動をやり過ごす。

「これまでにしましょう」と先生は言った。「残りは、君たちなら各自読めるでしょう。こちらのプリントも渡しておきます」

　新たなプリントには『風姿花伝』の文章が、本からの拙いコピーでびっしり埋まっている。生徒たちは受けとった順でちぐはぐに頭を下げた。先生が、ついで女子生徒が席を立ち、二人は別々の出口から出て行く。これに関しては特にさしたる意味はない。一つは下駄箱に、一つは職員室につながる出口だというだけである。

　今、少女がその後どうしたのかについて思い起こす気も考えつく気もない。その代わりに、一人残された彼がどのように自習室を立ち去ったものか、ずいぶんあれこれ頭を悩ませている。そんなことは本人さえ覚えていないだろう。

　経験と呼ばれるものを拡大していくと、選ばれたある対象がおぼろげに輪郭を現し

始める。その片隅で、同じ範囲にありながら、爛々とした光を透かしたせいなのか、姿を消していくものがある。結果的に、少女が彼らと膝を突き合わせて学ぶのはこの時が最後になった。人生のある点で、感傷を過剰摂取——ほとんどの場合それはフィクションによって処方される——すると、そのあとで律儀にアレルギー疾患を引き起こすようになる場合が多かれ少なかれあるのではないだろうか？　彼らは、実に慎重にアレルゲンを遠ざけた生活を送ろうと試みる。癒してくれるのは、ある種のささやかな出来事だけである。注意深く、あまりに弱い光をもらって過ごすあまり、彼らの目は退化し、あるいは研ぎ澄まされ、ある時には心地よく視界に入れていたものすら、いつしか差異を失い、捉え難くなってしまう。こうしてますます卑小な生に、嬉々として閉じこめられていくのだ。

これから書き記すのがいつのことだか、それほど重要ではないと思われる。とにかく、四人家族が食事に繰り出そうと準備を進めているところだ。それぞれ思い思いにやっているが、母がリビングのカーテンを端から順に、それこそ七階まで背丈のある

巨人が鼻をかむようなすさまじい音を立てて閉め始めた時だけは別である。たけなわに赤く染まった夕暮れの色を、洗面所を基点とする慌ただしい往来の中で誰もが目に入れることになった。ややあって玄関に人が揃ってきた。姉は細かい花がらが隅々まで行き渡った水色のワンピースを着て、玄関タイルの一枚のスペースに直立し、下駄箱の上のコンセントにささった小型の常夜灯のやわらかなオレンジ色の明かりを網膜に焼き付けるよう励んでいる。それが点いているということは、玄関の電灯の方は消えている。並ぶように立っている父がスイッチに指をかけて、ケーキに散らすチョコスプレーの一粒を接着させたような小さな突起を執拗になでているので、先ほど消されたばかりと推測される。これでもう玄関はほとんどいっぱいだが、さらに奥のわずかな隙間に息子がいる。彼はさっきからポケットに手をつっこんでそれなりに重いドアへ寄りかかって足をつっぱり、わずかに開けたり閉めたりしている最中だった。よれたハーフパンツから伸びた筋張った足には年の割に濃いすね毛が影をまとわりつかせている。

まさにそのあたりを退屈そうにながめながら「ねえ」と姉が出し抜けに声をかけた。父は家の中に目を向けたまま微動だにしない。弟がドアの開け閉めを続けながら

軽く目を合わせたのを確認すると、姉は下駄箱に肘をついて続けた。「ギバちゃんがさ、シリアスなシーンで、口の中をベロで突っついてるじゃない?」

弟は怪訝な顔をしたが、「うん」と答えた。

「あれって、口内炎を押して、涙をうながしてんだって」

弟は背中の動きを止め、ぽかんとして姉を見た。「マジ?」

「マジよ」と姉は目を動かすことなくまゆを歪ませて言った。「収録日の朝、ホテルで目を覚ましたギバちゃんは天井をにらみつけて、ねばついた口の中で舌を一周させるの」

「ウソだよ」と弟は言い、またドアを押した。

「その日いちばん活きのいいヤツを見つけるためよ」

不意に起こった小さな笑いで背中のペースが乱れた弟は、流し目に父を確認した。父は相変わらず直立不動で、家の中の何やら軽い金属音がやかましい方を見つめている。時を待たず、準備の済んだ母が慌ただしいすり足で玄関に登場した。姉はそこで潔く、おそらくは満足気に口をとじた。続けて無意識に側頭部の髪の中に指を一本さしこみ、爪を立ててばりばり引っかく。彼女がしばしば立てる無性別的な音は母にす

こぶる不評だが、この時は難を逃れたらしい。

「行こう行こう」と弟が言った。背中に力をこめてドアが開け放たれる。廊下灯の空疎な白い光によって強調された夕闇が彼らのささやかなポーチと玄関にまたがってきて、玄関のタイルが色彩をもって浮かび上がってくるこの数秒間を、何千回も見たような気がする。父と姉と弟がエレベーターに乗りこみ、ストラップだらけのカギをじゃらつかせた母が遅れて現れドアが閉じられると、彼らは示し合わせたように上を見上げて黙りこんだ。共同玄関を出てすぐ右に折れ、国道から一本入った細く暗い道。歩きタバコの父が先頭に、三歩遅れてそれより背の高い弟、それからやや離れて母と姉が続く道行きである。母は前を行く路上喫煙者を見るたび渋い顔だ。弟が父に追いつこうと早歩きになる、たびたび目撃されてきた場面にはことさら敏感で、咄嗟に後ろを振り返り、人の有無を確認せずにはいられない。隣に寄ってきて何やら声かける弟に、父がくわえていたタバコを差し出した。それはまだ十分長かったが、弟はちびたものをつまむような手つきで口にやり、それから後ろ姿にもわかるほど深い一息を吸いこんだ。

「あーあー」と母の隣で姉が言った。「バカ親子ね」

タバコを返すと弟はまた数歩の距離を取って下がった。時折、口をふくらませているのが年の割に驚くべき視力を誇る母にはわかったらしい。「煙をずっと吐き出さないつもりだわ」と母はともすれば楽しげな調子で言ったが、表情は依然として優れない。

「私も行ってこよう」姉はそれのみ言って駆け出した。弟を追い越し、父に追いつくなりタバコを指さしてねだる。そしてさり気なく、ちらりと視線を母のいる方に向けた。目的の物を手渡されると、姉は弟と同じようにつまみ上げ——それは今や相応にちびていた——弟よりも芸達者に猫背をつくって顔をしかめて一服した。

遠くで渋い顔を絶やさなかった母が短兵急に歩を早めたのは、前の連中が道いっぱいの車とすれ違うため一所に足を止めていたからである。追いついたところで姉に「肌が荒れるわよ」と声をかけた。「私だってお父さんの換気扇をやってこうなったんだから」

姉は振り向き、顔の下半分を不器用にうごめかすと、鼻から煙をゆっくり出してみせた。煙が流れ去るのを待って口を開いたが、「大丈夫よ」と言ったところで息が足りなくなり、たまらず吸った。「ふかしただけだもん」

「元喫煙者がよく言うな」と父が振り向いた。

「結婚してから吸ってないでしょ」

「俺が幼稚園のとき一回吸ってたよ」話を熱心に聞いていた弟が熱意たっぷりに声を跳ね上げる。「まだ名古屋にいた頃に一回だけ。風邪引いて、病院行って薬もらいに行ってさ」と彼は久しぶりに思い出した事実に興奮しているらしく、早口になっていく。「自転車の後ろに乗ってだよ。そんで薬局が、アメのつかみ取りさせてくれるあの薬局。ビンの口が死ぬほど小さくて、どうがんばっても四個しか取れない」

「私は九個。薬局記録」と姉が口をはさんだ。

弟は首を振り向け、白目がちな目でぎろりとにらんだ。だいぶ立腹している様子だったが「俺は名古屋に年少までしかいなかった」と言うにとどめて再び前を向いた。

「あれはね、指の間に小袋のはしっこをはさんで手の甲の側にはみ出させて、それからつかむの」と短髪の後頭部に姉は教えてやった。

「あ、そうか。頭いいな」と弟は右の横顔を見せ、何もかも忘れて心から感心したように言った。「でも考えつかないよ。年少だし」

「未熟児だったしね？」

「景子」と母が最後方から声を飛ばした。

へ、と弟は喜びにゆがめた口を見せつけた。「で、その帰りにさ、腹減ってるからモスバーガー寄って買って帰ろうって言って、モスが入ってるスーパーかなんかの喫煙所の前で、自転車キュッて止めたんだ。母さんだけ降りて、俺、こんな感じで」と彼はガニ股で腰を下ろしチャイルドシートの取っ手を握る格好をした。真似事の身振りにしては過剰に姿勢を低めた弟のことを昔のように家族が見下ろす形になるが、その間に後ろにいた姉と母は遠慮無く追い抜かす。「置いてかれるってあせったけど」とまさに置いて行かれそうになりながら弟は立ち上がった。「見たらすぐそこの自販機でタバコ買ってんの。そんでそのまま吸い始めた。俺のことほっぽったまま」

弟が所定の位置に戻ったのと入れ替わりで注目は母に集まった。今度は母が見下ろされる形となる。顔を見たがるあまり、集団は横並びに近くなっている。

「ちがうわよ。モスバーガーの待ち時間に吸ったのよ。待たせるじゃない」

「なによ、結局吸ってたの？」

「吸ったとしたなら、の話よ」

「どういうこと？」と姉は隣で笑った。なんとなく母のリネンの紺ブラウスの袖にふ

れ、指先でこすり合わせる。いつまでやっても母は気にしない。

「洋一郎の言うことは完全なウソだけど、私は子どもをほっぽってタバコ吸い始めるほど薄情者じゃないってことよ」

「でも俺、めちゃくちゃはっきり覚えてるんだよ。母さん降りて自転車がふっと軽くなって横揺れしてさ、スタンドが上がる振動とか」

「なんか逆に怪しくなってきたんじゃない？」と姉はやっと母の袖から指を離して言った。次いでスニーカーに人差し指をさしこみ、土ふまずを掻いた。そのせいで少しの遅れを取る。ほんとだって、と口をとがらせる弟の声が一瞬遠くなった。

「どうしてそんなウソをつくのよ」と母は言った。そこで誰より早く前方に異常を見いだし、会話を放り出す。「ほら、自転車」と彼女は叫んだ。世の母親にしか備わっていない、家族だけに聞こえる大声で。返事もなく一直線に並んだ家族は自転車とすれ違う。二人組の中学生だ。姉だけがその行方を闇に消えるまで見送り、弟の方がハンサムだと考えた。

「ウソじゃないって」と弟は笑顔で言った。会話の再開と同時に、隊列が液状化する。

「ウソよ」母は大声を出したせいで喋るのが億劫になったかのようにそっけない。

「あ、ゆき江ちゃんじゃない？」と姉は叔母の名をあげた。「名古屋のうちにもよく来てたじゃない」

「ゆき江ちゃんに病院連れて行ってもらったことなんてない」と弟はきっぱり言った。「だいたい、ゆき江ちゃんは俺をそんな風にほっとかないし、自転車乗ってるのもタバコ吸うのも見たことない」この反論に姉は感心した。自転車に乗っているのを見たことがなかった。弟は続けて「まあ、でもいいや」と暢気につぶやいた。

「なによ、ちゃんと解決してくれないの？」と母はあきらめ顔で言った。

その時、父がタバコに火を点けると同時に、おもむろに後ろを振り返ったのだった。何を言い出すかと三人ともが凝視した。父の表情は変わらなかった。「俺だな」とふいに父は言った。誰もが呆気にとられる中、父の無為な仮面が余裕を含んだ笑みに入れ替わる。「一回だけ、自転車で病院に連れて行った」そう言って弟の方にかざしたタバコの先端には切った爪の一片のようにささやかなオレンジ色の火がともり、薄い煙がたちのぼっていた。「タバコも買って吸ったし、モスバーガーも行った」

「俺のこと、ほっといたよね？」母と姉のかすれたような笑いの中で、弟だけは変わ

ろうとする表情を抑えこんで返事を待った。

「それは知らん」と言いながらも父はありし日を思い出す遠い目である。そこに誇張や演技のようなものを感じ取ることはできない。

弟の顔はようやく疑いを晴らした喜色満面に一変した。自分の勘違いを一切気にすることもなく、無言のまま、家族の顔を輝くばかりの笑顔でながめ回す。

「お父さんとお母さんまちがえるって、どういうことよ」と姉が指摘したところで弟の耳には届かなかった。

やがて大きな通りに出た。彼らは自分たちの名字を冠した眼科医院の前を、暗いロールカーテンの隙間をのぞきこもうとしながら通り過ぎ、国道沿いにある大きな焼肉店の看板を目にする。一階が駐車スペースになっているのは、かつてあったファミリーレストランの居抜き店だからである。その時代にも彼らはよく訪れていた。その後、ささやかに洗練された近所の焼肉店を見捨ててまで、ちょうど家に居着く猫のようにこの場所へ通うようになったのである。階段を上る途中、姉は蚊に食われたと主張した。ワンピースの裾を膝の裏までたくし上げて数段下の母にふくらはぎをさらしてみせる。母は秘めたる気炎を表情には出さず——要は憮然とした表情のまま——身

を乗り出して裾を無理矢理引き下ろして、さっさと上がるよう目配せした。店内は混雑していたが、家族は待つことなく奥の席に通された。彼らはオーケストラが所定の位置につくように格調高く動くことを美徳としているようなところがある。姉と弟が体を傾げて競い合うように奥にすべりこみ、母が弟の隣に、姉の隣に父が腰を下ろせば、あらゆる場所においても原則変わることのない席割が完成する。注文の際、家族全員が似たような遠慮がちで慇懃な口ぶりになるのだが、上ロースを父にその場でキャンセルされたのが姉にはおもしろくない。店員が去ると口火が切られる。

「信じられない」と姉は憤慨して言った。紙ナプキンを一度、手早く折った。

「ハラミが一番うまいんだ。ロースなんかうまくない」父は灰皿を手元に引き寄せながら独り言のように言った。

「バカの一つ覚えみたいに。趣味の押しつけよ」姉は背もたれに深く体を預けた。手元では、紙ナプキンに執拗な折り目がつけられ、さらにもう一度半分に折られようとしている。彼女は弟を見た。「こんな風になっちゃダメよ。人のささやかな楽しみを奪って、文句言われたら黙りこむなんて」

「俺もハラミ派だから」

姉は無言に転じ、紙ナプキンを立て続けに二度、力をこめてかたく折った。それはテーブルの上で芋虫のように縮こまって体をのばして押し返してくるので、姉はちょっと夢中になりかける。

「いや、ごめんごめん」と弟は言った。そして姉の手元に目線を下げた。「それ知ってる？　何十回か折ったら月に届いちゃうって」

「物知り博士は黙ってて」

「でもさ」と弟はいやに耳ざわりのいい声で言った。「好みとは別に、こういう時ぐらい父さんの好きなもん頼んだってバチは――」

「バチ？」姉は素っ頓狂な声を上げた。

「やめてやめて」と言ったのは黙秘を貫いていた母である。場を鎮めにかかろうと、大袈裟に首を振った。「その三文芝居を目の前で見るために苦労してここまで育て上げたと思ったら、バカらしくって反吐が出るのよ」

「すごいこと言うのね」と適切な距離を保って姉は言った。そして再び芋虫を呼び出し、何度も親指で押しつけながら続ける。「でもさ、幼稚園の演劇で私がオズの魔法使いやって、洋一郎がブレーメンの音楽隊やった時と、何がちがうって言うの？　お

母さん泣いて喜んでたけど、あれだって十二分に三文芝居だったじゃない」

「何にもわかってない」と母は心底あきれたように息をついた。「あの日は本当に素晴らしい日だったの。二人ともほんとに見事な演技でかわいかった。先に帰って、これから自分の家にドロシーと雄鶏が来るんだと思ったら、そわそわしたものよ」

「だってさ、雄鶏の格好のまま帰ったもんね」と弟が言った。

「そう、それよ」と母が喜びの声を上げた。

粋な計らいとでも言うべきか、その日、園児たちは舞台に立っていたそのままの格好で四台のバスに乗りこんだのだ。バスが揺れるたび、段ボールのこすれる音や細く裂かれたスズランテープが波打つ音がひっきりなしに鳴り響く。後方では三人の魔女たちがお喋りに興じ、盗賊たちが手すりを挟んで鋭い剣をかざし合い、台本の脚色によってこの世に生を受けた様々な動物や召使いが縦に並んで大人しく座っている。劇中から放り出された登場者たちは、それぞれの庇護者たちが待つ区画ごとの停車場で、一人また一匹とバスから降りて行くのだ。雄鶏は、取り外し可能な白い尾っぽをドロシーに預けて、役立たずの両翼は二つ重ねて足下に休めている。そして、最後の角を曲がる前に是非とも車内ただ一人のまともな人間である先生に、それらを取り付

けてもらわなければと落ち着かない。

「あんたは帰って来るなり『やっぱりおうちがいちばんだわ』って言ったんだよ。なんて素晴らしい子なのかしらね」母は嫌味たっぷりに言った。「今もあのドロシーが恋しいの」

「お気の毒さま」と少女は言った。「私はドロシーじゃない。幼くして身に余る賞賛を浴びた子役なの。我が家の救いは、雄鶏が今も変わらず元気なことだけね」

姉が弟を見やったちょうどその時、ドリンクが届いた。ビール、ウーロン茶、コーラ二杯のグラスを彼らはせかせか回す。店員が去り、互いになんとなく目配せしてからささげ持ち、足並みのそろわない乾杯を個別にすませる頃には、誰も先ほどの会話を再開する気をなくしていた。こんな時、沈黙を破るのはたいてい雄鶏の役目である。

「そういえばさ」と弟は言った。「避難リュックの乾パン、賞味期限切れてたよ。昨日の夜、発見した」

それは子供たちが小さい頃から有事にそなえて常備されてきたものだ。水、乾パン、缶詰、簡易トイレ、懐中電灯、携帯ラジオ、アルカリ乾電池、人を呼ぶためのホ

イッスル、簡易寝袋、タオル、年季の入った伊勢神宮外宮のお守りが入った防火素材の銀色である。

「あんた、また食べようとしたの？」と母が顔をしかめた。「あれは食べちゃいけないと何度言ったら――」

「それをさ」と弟は待ち構えていたように不服の表情で迎え撃った。「俺が期限切れを見つけるたびに言うけど、俺は一回だって食べたことないからね？　そもそも乾パンの味知らないし」家族を見回し、かんばしい反応が無いのを確認したが、めげずに続ける。「もう三回目なんだよ。いっつもなんとなく思い立ってチェックすると、切れてんの。最初がリュックつくるきっかけだったから年中で、あれ、何歳だ？」

「五歳」姉と母が同時に言った。

「五歳。そんで小四の、十歳？　そして今、十五歳」と弟はたどたどしく時間を追った。

弟の演説はそこで腰を折られた。やや無愛想な若い男の店員が皿をいくつも持って家族の元を訪れたのである。母がそれを手際よく受け取り、次々と手近に置いていく。

「ほら、お待ちかねのハラミがおいでなすったわよ」店員が立ち去るのを待って姉が言った。父が返事をしないでいるのは百も承知で、代わりに弟を一瞥する。「でも、乾パンの期限がきっかり五年だなんてね」それから彼女は気まぐれに、添え物のかたくしまったモヤシを箸で数本つまみ、放り出すようにして網にのせた。「ほんと、勉強になる」

弟は親指から中指まで五年の歳月を数えかけたが、そこで放棄し、姉を聴衆から除くように視線を持ち上げた。「とにかくさ、俺がみんなの新鮮な食料を確保してるんだよ」

誰もそれには答えなかった。父に至っては、動作の合間で銀のトングをカチカチ子供みたいに鳴らしながら肉を網いっぱい配置するのに大忙しで、話を聞いているようにすら見受けられなかった。店内のにぎやかな音が、その真剣な仏頂面を引き立てている。

姉は是非ともそこに忠告する必要があった。「お父さん、先にタン塩焼いてよ。ハラミは逃げませんからさ」と実に思春期らしい節回しで言ったし、こう付け加えもした。「逃げられなかったヤツだけが肉になるの」

父はこれといった言葉も表情もなく、言われた通りにタン塩を二、三枚広げた。「乾パンもけっこうだけどさ、それならトイレットペーパーもいちいち換えてほしいもんだけどね」膝の上に手を置いた母は網を見ながら険しい表情である。「お父さん、野菜も焼かないと」

野菜も焼き始めた父の一方で、何が気に入らないのか、弟が肉の配置を細かく変えている。というより、順に触っていくという感じだ。姉はその全てを見ていた。弟は一段落して手をひっこめると母を見た。「俺はトレペ換えてるって、何度言ったら――」

「そのトレペっての、頼むからやめてくれない？」本心にしろうわべだけにしろ、姉はかなり険しい目つきで弟をにらみつけた。「そんな気色悪い言い方、どこで覚えられるの？」

「誰に聞いてもそう言うんだから。全員換えてるのに、どうして私がいつも換えることになるのよ？」と母は慨嘆に堪えぬの体で言った。その顔は、その場の誰からも正面向きに見える錯覚を催す角度に向けられている。

「言っとくけど、私も換えてるからね」

「この話、もう飽きてるんだ」と弟が言った。「絶対に犯人は父さんだと思うよ」

「お前と俺だよ」と父はトングを皿に置いて言った。「絶対に」

あやうく姉は飲みかけていたコーラをふきだしかけた。どうにかグラスを置くと、左の掌を右手の三つ指で打つ貴族的拍手で、しかしげたげた笑った。母は笑みを浮かべながら、粗野で危なっかしい姉にも目を光らせている。厨房の方で食器を落としたような音が鳴ると、そちらの方も確認した。

「なんでこんな話になってんの？」弟は実にせつなそうに顔をゆがめた。脂の弾ける音とともに煙が立つのにたじろぎながら、母にちらと目をやる。「俺が言いたいのは、乾パンの賞味期限が切れてて新しいのにした方がいいよねって、それだけのことじゃん。なんでトイレットペーパーの話になるのさ」

「ついでに言えばさ」と姉が言った。いかにも会話が二の次である風に、網の上に箸で無用なちょっかいを熱心にかけながら。「あのリュックの中身、笛の対象年齢も切れてるわよ」それは、ふりがな付きの『非常用ホイッスル』で、試し吹きの二度以外、十年来口もつけられていないものだ。

「ダメよ、笛は入れておかなくちゃ。何があるかわからないでしょ」母は慌てて話し

始めた割に、たしなめるような言い方で、しまいに彼女はお説教が始まる式の、妙に厳粛な動きで両手をテーブルに置いた。「特にあなたの声は町内で一番通らないのに、笛も持たずにどうやって——」

その瞬間、父がいつになく愉快そうに息を漏らしてうごめいた。即座に母の言葉が中断される。おそらくはその状況に対してと思われるが、弟も顔の下半分を使った笑みを浮かべた。彼は先ほどから熱心に網に押しつけていた一枚の肉を口に放りこみ、実に満足そうに咀嚼していたところだったが、それといやらしい笑顔をいとも簡単に両立させる小器用なところがある。

姉は唇をかんでその一部始終を見ていたが、無礼な父と弟を遺憾なく無視することに決めたらしい。諸悪の根源をくじこうという気概を見え隠れさせて、母に向かって言った。「笛も持たずにどうやって、何?」

「生きてく気?」

姉はちょっと拍子抜けしたように表情をゆるめて「そうね」と言った。それから宙にかぶさっている大仰な換気扇に目だけをやる。大いなる暗闇だが灰色の煙の流れが先行きの在処を証明してもいるその内部に、彼女は顔も向けた。「まず、私より声の

通らない、なんなら口のきけない小さい男の子を見つけて、二人だけで手に手を取って――」

「おふざけは無し」という遮りの声が顔を下ろさせる。見ると母は手近の肉やタマネギを怒りっぽい手つきでひっくり返しているところであった。我が家ときたら誰一人、手をこまねいていることができないのだ。母はカボチャをめくると、神経衰弱で当てが外れたように元通りにした。

「そのカボチャ、焼けたらちょうだい」と姉は言って銀色の箸を出しかけたが、すぐに母の意味ありげな視線を感じてひっこめた。「ウソウソ。わかった」と彼女は冗談めかした殊勝を示す。「離れ離れになったら、笛を吹いて呼べばいいんでしょ。ジミニー・クリケットもそう言ってた」

家族とはぐれてしまったら、ジミニー・クリケットが歌っていたように笛を吹いて呼ぶ。それは母が銀色のホイッスルを姉弟に初めて示し、首かけの紐を本体にぐるぐる巻き付け、リュックの脇のポケットへ手品師よろしく相手の視線を十分引きつけながら突っこんだ時、同時に与えた言葉である。いや、その時の手つきや口ぶりはむしろ犬に芸をしこむような調子があった。姉は小学一年生で、どういうわけだか、麗し

いドロシーの時代とは打って変わって、通りの悪い声に成り果てていた（この件に関しては、父が現在もしばしば、好物のみかんの缶詰を食べすぎたせいではないかと主張している）。当時の少女は、叔母から時代遅れのVHSビデオデッキもろとも譲り受けた字幕版ディズニー・アニメのビデオに、たび重なる巻き戻しで非情な追い打ちをかけるのが毎日の習慣だったのである。もちろんそのラインナップ――というか一番のお気に入り――には『ピノキオ』も含まれていたというわけだ。

「この忠告、忘れてたわ」ぞっとしないという風に姉は言った。それから彼女は網の上で念入りに肉の裏表を確認し、タレもつけずに口に運んだ。「洋一郎、覚えてる？」

「覚えてるよ」と小皿に顔をつっこんで肉をかみ切ろうとしていた弟はそのままの体勢で言った。「ギブリルウィッスルだろ」顔を上げると、口の中の肉を奥歯の外側に寄せて、節つきのフレーズを二度繰り返した。歌は上手いと認めざるを得ない。「俺は姉ちゃんから聞いたけどね」と弟は付け加えた。

「お母さんは？　これってすごく気の利いた話よね」

母は答えるより先に首を振った。「覚えてない。そもそも私、あんたの話すことは信用しないのよ。ホントだろうがウソだろうがおかまいなしで、聞き栄えする方を選

ぶんだから。大体、あんたたち二人を手なずけるために、私がどれだけ言葉を尽くしたと思ってるのよ。全部覚えておくなんて不可能よ。あんたたちが好きなものはころころ変わる。ピノキオが効いたと思ったら、もう次の日にはトトロを見てる。それに合わせて喋る方の身にもなってみなさいよ」

「それって、聞き栄えする方を選ぶってことじゃないの？」と姉は言った。

「生意気言わないで。あんたのお喋りははぐらかすのが目的。私は、伝えたいのよ。そのためには、どんな言い方したってかまわないと思ってるだけ。ぜんっぜん、ちがうでしょ」

「ぜんっぜん、ちがう」と姉は母と同じように口を動かした。

「ああ、しゃくに障る」と母は言った。「もうあきらめてるけど」

それからしばらく、どこをどう切り取っても印象と役割の変わらぬ他愛のない会話が続く。それぞれに食べ続け、全てのオーダーが出そろい、食事のわずかな間隙を無駄にすることなく喫煙する父の灰皿に、やや長めの吸い殻が三本転がった頃、気の利くというよりは手持ち無沙汰の店員によって、一度目の網の交換がなされた。彼らは背もたれにぴったり背筋をつけて、その様を見守り、店員が去るのを神妙に待つ。本

当はその最中に思い出していたことだったが、姉は突然ハッとして母を見た。

「なによ」目が合った母は、網に手をかざして熱を確認しながら言った。

「英検の申し込みしなきゃ」

「受かりもしないのにか」父はタバコを灰皿に置いて箸に持ち替えて言った。そしてすぐに自分の皿に残っていた肉を口に入れて目を逸らす。

「わざと落っこちてるから」

「いくらなの？」

「四千百円」

「本当に、しっかりやんなさいよ」

「まかせちゃって」と言って姉は、意味も無く箸をくわえる。

「何ができないの。人と比べて、何がわからないのよ？」

「なんだろ。色々あるけど、完璧に納得できないのは方位」と姉は箸を置いて言った。それから体を大げさにひねり、テーブルの隅からタレの入った容器をしっかとつかんで持ち上げる。「えっとさ、東西南北があってさ、東と西がウエストとイーストじゃない」そこで彼女は皿の上で容器を傾けないまま、頭の中で米でも研ぎ始めたか

のように静まり返る。ようやくタレを注ぎ足して容器を戻す。「それでイーストが東？　でしょ？　合ってるよね」と彼女は言い、父に形ばかりの目配せをする。「それがさ、なんだか頭に全然入らなくてウソみたく感じるの。クリント・イーストウッドって聞いて、西の方位が思い浮かんでしょうがないの。不条理な苦しみや屈辱に堪えて何でもないように日々過ごしてるイーストウッドって、絶対、西にいるように思うんだけど」

「逆って覚えればいいじゃん」と弟が言った。

「そうよ、それでいいじゃない」母は気乗りするでもなく言った。「ものは考えようよ」

「ふん」と姉は鼻を鳴らした。その瞬間、彼女が突然、前触れなく気がかり事を抱えこんだことに誰もが気づいた。「無理よ」と彼女は声のトーンを落として言った。「実際に、頭ん中で西にいるのに」その間にも、細かに波打つ網の上へ視線をからませたまま、うつろな表情に変わっていく。

「姉ちゃんのいけないとこはさ、もたもたしてる自分に堪えられないとこ」しばし小休止していた弟が言った。背もたれに身を預け、Tシャツの裾から腹に手を入れて、

時折——幸福な時はいつもそうするように——いくぶん長く目を閉じる瞬きをする。

「ゆき江ちゃんはなんかいいように言ってたけど、俺はそうは思わないね」

「あんたは、誰かが先に自分のものにしてることを、ちょっとも練習しようとしなかった。絶対にね」母がいかにも口惜しそうに言った。「たとえそれが、近所の年下の女の子がせいぜい五メートル進むことができるようになったばかりの一輪車でも、絶対に、ぜんっぜん、手をつけようとしなかった」

「そうね。そうなのよ」姉はたっぷり時間をとってうなずいた。「何度も引き合いに出されて、つぐみちゃんもかわいそう」と彼女は言い、今やすでに中学生となってい るであろう幼少時代の顔見知りへ配慮するように、脂っこい煙でべたついてきた顔を手の甲でぬぐう。「でもそういう時ってさ、私がその後めきめき上達して雑技団に入ろうと、その日に転んでこめかみ五針縫おうと、つぐみちゃんはかわいそうなんじゃない？」喋っている間に手が離れると、彼女の顔はかなり表情を欠いたものになっていた。「それで悪いんだけど」と彼女は言った。鎖骨のあたりをかきながら弟の方を見る。「ハッポウサイのポウって、どんな字だっけ？」

「宝」間髪を入れず弟が答えた。

「宝？」と姉はそのまま繰り返した。「八つの？」彼女は弟がうなずくのも見ないで笑い出した。にぎやかな店内で彼女のか細い笑いは最初の音以外ほとんどかき消されたので、誰かがリモコンを慌ててつかんで音量を小さくしたような感じだった。

母はあきれ顔で姉を見据えていた。「あんたは頭がおかしいよ」

姉は笑いの引き潮の中で、まんざらでもない笑みを絶やさぬ弟を見る。「洋一郎と中国人って天才ね」

「同じ冗談言うにしても、色々あるじゃない」と母は全くの苦虫嚙みつぶし顔であった。「もっと場を和ませるような種類の冗談が。そういう風ならよかった」

「ね、今日も最後にタン塩頼んでいい？」

「あ、私、カルピス飲みたい」

「あと、ちゃんと話を聞くようにさ」母はあきれ返ったように言い、救いを求めるように店内を見回す。

「これでも結構、反省する時もあるのよ」と言う姉も店内に視線を泳がせていた。

「で、他に、もう食べないの？」と母は急に視線を戻して言った。

「ちょこちょこつまむよ」

「冷麺頼むから少し食べなさい」

「うん」

「一口じゃなくて、ある程度食べるの。冷麺なら食べれるでしょ?」

「わかったって」と姉はうんざりして言った。「帰りに吐いたら、この子は冷麺を食べたんだなってみんながわかるぐらいもらうから」

笑ったのは、先ほどから及びいつもいつも機嫌のいい弟だけ。母は顔をしかめることすらせず姉を凝視していた。ただし、怒りを通り越してという表現にはあたらない。この時、彼女はより逼迫した問題を手に取っていた。「あんたの病的に細い足、見てられないわ」

「ぜんぜん病的なんかじゃないわよ」姉はテーブルの下をちらと確認した。「エチオピアの小さい子見て、負けたと思ったもの」

「やめなさい」母の声は憤激を含んで大きかった。「そういうのは、ホントにやめて」話していられないというように、力のこもった手つきで空いた食器を重ね始める。

「病的ってそういうことでしょ」

「ホントいやになる。いつかめちゃくちゃに傷つくに決まってんだから。気の利いたことを言いたいだけ。ホントもウソもおかまいなしで、とにかくふざけてる」そこで母は一瞬だけ話を途切れさせた。「そんなことじゃ、彼氏の一人もできないよ」

姉はちょっとたじろぐように動きを止めて、表情は変えないままに髪を触った。こんな話題が予想外に差しこまれることは日常茶飯事と言ってよい。母の感情がある程度まで上り詰めたとき、別のロープへ飛び移るようにそれは為されるのだが、その分、大きな衝撃と揺り戻しをもって現れるのである。弟は笑い含みの顔で母と姉を見比べ、父はここぞとばかりにタバコに口をつけて盛んに煙をすいこんでいる。

「あなたとやってける男の子がいるなんて、とてもじゃないけど思えないもの。最初おもしろがって寄ってきても、うんざりして飽きられるのがオチなんだから。その時だってあんたは、自分の勝ちにしてため息ついてる」

「近づいたら動き出すエスカレーターみたいな人って苦手なの。そういう人って、もう死んじゃった誰彼とか、幽霊やオバケや妖怪のこともきっと知らん顔するインチキでしょ。目の前のことばっかり気にするチャチな人ばっか。学校にいる子たちって、

大抵そうよ」

「それよ」と母はいらだたしげに言った。「人はエスカレーターじゃないの。そもそもあんたって、エスカレーターにはやたらめったらかけずり回ってどんなに出口から遠くなったって乗りたがるくせに、どうして他人のことをエスカレーターみたいだなんてバカにして言うの？　あんたは一人の人間を、いちいち別の物に、しかもエスカレーターだの窓辺のカマキリだの本屋のカバーだの、わざわざ取るに足らない物を取り寄せてきて取っ替えなきゃ気が済まないのよ。ため息をつける種があればそれでいってやり方でね。それがホントだろうがウソだろうが関係なし」

「そのフレーズ、もう三度目」と姉は言い、弟に向かって指を三本出した。「ホントとかウソとか。何度も言えばホントになるって思ってるの？」

「ねえ、もしかして、ギバちゃんのもウソ？」弟が心配そうに訊ねた。

姉は気を遣っているのかタイミングが悪いだけかわからない弟を無視して、網の上でも相当に焼きが回って焦げかけた肉をつまみ上げて小皿に取った。

「ギバちゃんがどうしたのよ」と母がにべもなく問い詰める。

弟はうろたえながらも、しっかり頭を整理してから始めた。「さっき出がけに聞い

たんだけど、ほら、ギバちゃんがさ、ベロで口の中を突っつき回すじゃん。あれはシーンに合わせて涙目になるために、わざとつくった口内炎をいじってるんだって——」

「そんなのウソに決まってるでしょうよ！」と母は自宅向けの怒鳴り声を出した。

驚いた姉と弟は小動物のように縮こまり、しばらく動きを見せずにじっとしていたが、その目に宿る余裕は染みついた長年の経験を物語っている。父はタバコの灰を落としながら、無表情を貫いて子供らを見た。

「だってすげえリアリティがあったんだよ」

「ちょっとぐらい考えなさいよ。柳葉敏郎がそこまで演技のことを考えてるわけないでしょ。暇つぶしのためだけに考えたウソにだまされ続けて。あんたが相手しなきゃ景子だって黙ってるんだから、あんたのせいでもあるんだよ」

「黙ってないよ、姉ちゃんは」

「そうそう」と姉は弟をかばった。そして母を見る。「必要だから話すの」

「柳葉敏郎の口内炎が何に必要なのよ」

「話し相手が必要だから、話すのよ」情感たっぷりに姉は言った。短く息を吸ったた

が、それきり言葉を失って口をつぐんだ。

それからしばらくの間、どういうわけか家族に垣間見られたのは、反省の色としか言いようがないものである。遠慮がちな動き、力のない笑い。それが徐々に落ち着いてくると、会話と食事に関する四人それぞれのまだらなバランスが再度かみ合ってくる。父の灰皿にはすでに吸い殻が七本。火のついた八本目も灰皿にあり、時々残された冷麺が乱暴にすすられていた。姉の分まで肉を平らげ続けている弟は、石焼きビビンバの四分の三を胃におさめたところで満たされず、いよいよ彼なりの締めを頼もうかと息巻いている。

「ね、せっかくだし網かえてもらってもいいよね。姉ちゃんがいつまでもじくじく焼いてっから、うちの網だけ真っ黒じゃんか」

「肉を焼いたら網は汚れるの」声を低め、一音一音を際立たせて姉は言った。「特に、脂っこい肉ばっかりを好んで注文する場合はね。これは誰かさんが生肉をがっついてお腹を壊すぐらいに動かしがたい真理よ」

「腹こわしたのは一回だけだし」恨み節の弟は視線を走らせて姉の手元の皿を見た。そこに黒くねじけた肉がタレに半分浸かっているのを見て気色ばむ。「消し炭みたい

になってるじゃないかよ」

「上ロースを奪われたこの世でいちばん美味しいもの教えてあげようか？」姉は挑戦的に言うと、網のへりを箸であさってそれを取り出してみせた。「モヤシの消し炭よ」申し訳程度にタレにつけ、そこに転がっている肉といっしょに口に放りこんだ。

「貧乏くさいからやめなさいよ」と母が言った。

「姉ちゃんは地球最後の日だって、そういう燃え尽きたモヤシ食ってるよ」

「じゃあ、赤く迫る太陽に向かって」と姉は言って、新たにもう一本、焼け焦げたモヤシを目の高さまで恭しく捧げて見つめた。「こうやって『きれいだこと』ってつぶやくことにしよう。腰抜けの弟が睡眠薬で眠りこけている間にね」

「何の話？」

「俺も睡眠薬がいい」と父は言って、ほんの少し弟の方に顔を向けた。「多めに飲むんだ」

「なにそれ」と弟は笑った。

「そうしてよ」と母はひどく真面目に言って、姉の胸元を見る。「文鳥みたいに小食じゃ、それまでだって生きていかれないよ。育ち盛りなのに、それこそモヤシみたい

じゃないの。少しは勇気を出して食べたらどうなの」

「そうか、私は勇気がなかったのか」姉はテーブルのへりに頬杖をついて言った。裸の肘はいかにも痛そうだったが、彼女はそのままの姿勢を崩さない。「初めて知った」

「私はね」母はそう言ってから、裁判官のように背筋をのばして子供二人の注目が集まるのを待っていたが、よしと見るや始めた。「今日が最後の日だってかまわないわよ」

「俺はやだなあ」と弟が言った。「最後なら、アイス食べていい？」

「食べなさい、食べなさい」と母は親愛と理解の念をたっぷりこめて言った。

姉は頬杖をついたまま母を見る。そのうち頬杖がだんだん口の方にずり上がってきたせいで、情けないことに、その顔には機嫌良しの相が浮かんできた。「私も食べようかな」と姉は頬杖をといて母に言った。「きなこのかかったやつ。お母さんも好きでしょ」

「食べなさい、食べなさい」と母はもう一度、まったく同じように言った。

姉は半分食べ、そして半ば座の期待通りに堂々と残し、母にやった。それはともかく、家族の会話というものはどんなにでたらめに配列しようとも、さしあたり電球が

点かないということはないらしい。ホームビデオを映画に仕立て直そうという時は、誰だって名字の刻まれたディレクターチェアに深々と座る自信家に変貌するのだ。編集作業を厭わなければ、無限の素材が保証されている。散文による演出指針としては、ここに現れた出来事は、彼らがどれだけ好き勝手にやっているとしても、またある法則に閉じ込められているとしても、そっとしておくことにしようということに尽きる。結果的に少女は非常に楽天的に見えているが、彼女がそうではなかったとか、もしくは絶えずそうであったとかについて、誰が確かなことを言ってくれるだろう。時を隔てた回想は、それがどんな誠実な心意気に起因するとしても、十中八九、几帳面な女の子が色鉛筆を取っかえ引っかえし、あるいはガリガリ削り倒し、表紙にある見本の再現を試みた塗り絵と同じ結果となる。誰かがそれを褒め称え、例えば冷蔵庫の目立つところにマグネットでとめてくれたとしても、完全に満足とはいかないのである。

これはその日の帰り道、少女が出来るだけお行儀悪く見えるように歩いていた時のことだ。彼女は退店時に多めに頂戴したハングルの書かれたミントガムを、中に空気をふくませるようにクチャクチャやっている。それから父にさり気なく、若かりし叔

母に彼氏がいたかという大問題について尋ねた。父は娘の方を向かなかった。くわえタバコの奥には明らかなためらいが含まれていた。彼は静かに「知らん」と言うと、まだ長いタバコを携帯灰皿の小さな開口部でもみ消した。おそらく二つに折れかけた裂け目に親指をあてがい押しこんだのだろう、広がった裂け目から舞い散った茶色い葉が少女の足首にまで降りかかってきた。彼女はまったく反射的に、あどけなく笑い、軽くそこに触れてみる。収穫なしに終わった探偵は、そのとき持った命拾いにも似た感覚を今も忘れられない。

さて、一学期が形だけの行事を残すばかりというところである。読書会のために図書室へ向かう少女は唯一個人的な関わりを持つ男子生徒がやって来るのを認める。そのまますれちがおうとする相手に虚を突かれた彼女は、思わず自分から声をかけた。

「大内くん、帰るの？　今日――」

男子生徒が立ち止まった。「知ってるけど」と、すでに剣呑とした第一声だった。

少女は狐につままれたような顔をつくって返事の代わりとする。いったい自分の表

情は、天然物なのか、栽培漁業の産物なのか。あらゆる表情は内なる暗闇から疑いの目つきにピン留めされたように張り詰めている。

「いや、僕のことなんか興味ないだろうと思って」と男子生徒は急に弱気な調子で言った。

「え？」

「そうじゃないの？」

「いつもいるのにいなかったら気になるもの」と女子生徒は言ったが、すぐさま相手の表情に不穏なにおいを嗅ぎつける。「少なくとも、なんでかなって心配するのが普通でしょう」

「僕は邪魔なんじゃないのかなって」

「何よ、それ」

「噂ぐらい僕の耳にも入ってくるからさ。大部分は根も葉もないやつだと思うけど」

少女はまじまじと男子生徒を見る。「みんな噂ばかりしてるから」と彼女は冷たく言い放った。そっちがその気ならという喧嘩っ早さを前面に出して。「女子高生と五十代の古典の教師って、けっこうそそるやつだよね」

それしきのことで男子生徒は恥ずかしそうに沈黙した。

「『落窪物語』ってあるじゃない？」と少女は厳しい声で言った。「今日、大内くんが来ないならやってもらおうかな」

「頼めばいいよ。図書室に本があるからすぐ替えてもらえる。なんでも知ってるからね」

「なんでも知ってるなんてことはないと思うけど」と少女は頭のてっぺんに手をやる。『落窪物語』、読んだことある？」

「ない」

「私も全部は読んでない」と彼女は上を見かけたが、声にかすれが出たのを察知し、また戻す。「『落窪物語』ってシンデレラみたいな話なの。屋敷の隅の一段低くなってるところにいる落窪の君っていうのがお屋敷でただ一人の継子で、裁縫が上手だけど、継母にいじめられてるの」

「ああ、そういうことは知ってる」

「だよね、ごめん」女子生徒は男子生徒に目を向ける。むしろ戻したと言った方がふさわしいだろう。この時、相手が『落窪物語』の概要すら知らなかったものと決めつ

けている。

「私が好きなのは、阿漕《あこぎ》がウソの生理になるところ」と言った女子生徒は、相手が動揺を隠すことができないのを見て自信を深めたように唇をそっとなめる。「阿漕っていうのは女房ね」スクールバッグを足下に下ろすと、ぴんと張った持ち手を握った拳がスカートを押しこんで股下におさまった。数年後の注釈をするなら阿漕は女房ではない。少女も阿漕もその年のせいで、ある役割を果たしきるには分不相応と見なされていたのである。

「とても美人で有能なもんだから、落窪のとこばかりにもいられない。それである時、お屋敷のみんながお寺参りに出かけようとするんだけど、落窪は一人だけ連れて行ってもらえないのね。で、阿漕は優しいから自分も残ろうとする。でも落窪のためとは言えないでしょ。だから、阿漕は月のさわりになってしまいましたってウソをつくの。そういう時って穢れでお参りできなくなるから。けど、みんな阿漕には来て欲しいの。阿漕ってそういう人なのね。で、阿漕はすごく残念そうに言うの。私はお参りもしたいし」と彼女はその部分、丁重でしとやかな口調を用い、阿漕になりきって言った。「琵琶湖も見たいし、黙っておいてこっそり参拝することも考えましたけれ

ども、観音様に恨まれても困ってしまいますから」そこで区切って、一度唇をなめる。「そう言うの」

「うん」男子生徒は緊張がにじむ返事を相手が話している間ずっと繰り返していた。

「琵琶湖も見たい、ですって」

男子生徒は曖昧にうなずいた。様々な動揺が彼の形をとって表れているような感じなのだ。この話がなされる意味について了解しておらず、一方で、この話にきっと含まれている意味の存在自体についてあれこれ考えているに違いない。仮に、相手がたちの悪い解説者でなかったら、彼は手順に則って、女子生徒に触れることだってできたはずだ。少女はこのやりとりを思い返し、以後百回は無性に死にたくなっている。いついかなる時もただ中にいる泥沼において、手持ちのものを何でもかんでも放り置き、専用の足場が発生する瞬間にこそ生き甲斐を見出してきた少女の頭に、この時は阿漕がいたというわけだ。己の言葉が誰かに求められるという恐ろしい場面に遭遇したとき、臆病な心は、いちばん手前に控えているものを押し出すしか策を持たない。彼女は、その任を拒むことのない素晴らしい人物——彼らはすでに何かを成し遂げており、希望そのものである——を矢面に立たせるのだが、それは当人の気分の代弁で

すらない。少女は明らかに、目の前にあるよしなし事を解決するよりも、琵琶湖を見たくなりたいという気持ちを喧伝することで何かを済ませようとしているのだ。ここには一ヵ月間で少女が交わした可能性のある「まともな会話」にあたりそうなものは可能な限りサンプリングを試みているはずだが、硬直的であるか情緒的であるかに過ぎて、まともな会話など一つとしてない、ということははっきりしている。そしてというかつまりというか、それらの会話の真偽や詳細について思い出すことはほとんど不可能である。この期間については、悩み苛まれて暮らした日々として尊重されるよりも、たまたま余りに多くの悩みの種がばらまかれたために、他の時期に比べれば幾分か目にも鮮やかという点で気に入っているだけという印象を、ここに至って持っている。その種よりも後日に採集された花や果実に心を奪われてしまっている身としては、その生長過程について、ありもしなかった支柱をぶすぶす突き立て、根が断ち切られる残酷な音を耳にしながら観察日記をつける、といった具合なのである。

「それで、どんな噂なの？」と女子生徒は言った。

「え？」会話を忘れてしまったように男子生徒は驚く。

「噂の中身」とくたびれた女の声で言って、彼女は髪の中に指を入れる。追い打ちを

かけようというところで、下級生の男子三人組がちょっかいを掛け合いながら歩いてくるのに気づいて、彼女は口をつぐんだ。

坊主頭の彼らはといえば、テストも終わり、今後訪れる日々を含んだ今が楽しくてしょうがないという感じである。横を過ぎると、振り返り振り返り、釣り合いのとれない男女について小声で何やら言い合いながら、歩みそのままに去って行った。

「ねえ」と彼女は言った。そろそろうんざりしているようだ。「私と先生はどんなことしてるって？」

「ひどいことだよ」と男子生徒は言った。汚らわしいというように軽く首を振る。「とにかく、ひどいこと」

女子生徒の足は、苛立たしげにというより退屈まぎれに力弱く、その踏み場を何度か変えている。スクールバッグの持ち手に引っかけた指先も、上下に動いて落ち着きがない。「いいから、くわしく聞かせてよ」と彼女は覚悟も何も含まない間の抜けた声で言った。

「そんな、興味本位で訊くようなことじゃない」男子生徒は、はっきりと気分を害したことを伝えるような態度で言う。叱りつけるようですらある。とはいえ、彼が今に

も泣き出すのではないかという興奮と緊張の中にいることは手の震えからうかがえる。「聞いたらそんな風にしていられない」

　女子生徒に同情の様子はない。彼女は辺りを見回すと、くたびれたような顔で小さく二歩、相手に近付く。スクールバッグが引きずられて股下についてくる。男子生徒は半歩退いたが我慢して、あごを引いて胸を反らすような体勢を維持する。距離はありしも、男の喉元に女が食いつくような形である。

「でも、それは、噂が根も葉もない嘘だった場合じゃない？　本当だったら余裕もってたって不思議じゃないでしょ」女子生徒は過剰に物憂げな表情を差し向ける。「大内くんはどう思ったの。嘘だと思った？　それで私に教えてくれたの？　わざわざ？」

　男子生徒は何も言わない。自分自身それを良しとしてはいないことを示すもどかしい顔つきで相手を見つめるだけだった。顔のニキビが熱を帯びて赤みを増していた。

「ごめん」今まで言下に出てきていた女子生徒の言葉に、余分な空気を押し出すような淀みが現れかけた。それから彼女は、こめかみの横あたり、髪の毛の中に指を差し入れて引っかきながら訊ねた。「先生と何があったか、知りたい？」

男子生徒は再び黙り、刃物を突きつけられたように表情をこわばらせた。この頃、こんな風なありきたりの比喩が本当に人間に適用できるものか思案投げ首でいたが、時が経って思うことと言えば、これほどぴったりくるものがあるだろうか？　そして、できるならば今すぐにでもその刃物を奪い取り、少女の方に向けてすぐさまこを立ち去るよう進言したい。しばらくして、「知りたい」と男子生徒はかなり無理して言う。

「私は秘密にしておきたい」と少女は言った。「だから、大内くんに先生とのこと秘密にさせてもらえるなら、何したっていい。例えば、噂と同じことをしてあげてもね」

男子生徒が返事ともつかないうめき声を出したその時、今度はホルンのケースを抱えた背の小さい女子生徒が、いかにも一大事らしく小走りで駆け抜けた。ひらめくスカートの柄がちがう中学の制服には、何か鮮烈に美しい印象をあたえるものがあった。

「秘密のまま済ませたら、私とそういうことができる」と構わず少女は言い、一度、痛みを気にするようなまばたきをする。水中にいて肺や血の中の酸素を使い尽くしつつ

あるように、二人の共有する会話の進みはとことん鈍りきっていくようだ。彼女はふうっとため息をついて相手から一歩引くと「ごめんね」と言った。そしてわずかに首を振る。「私、余計なことしか言わないの。保健の授業の話も知ってるでしょ。ルーニーとも寝るってやつ。要はバカなの。全員バカだらけって思うくらい」

「先生の」と男子生徒が間髪を入れずに言った。「物見の塔の話、どう思った?」そして答えを待たずに続ける。「僕は阿佐美さんのこと考えてた」

少女は唇を結んで言葉を待つ。そこには、礼儀にのっとったと言わんばかりの気の強い表情がにじんでいる。

「物見の塔って言っても、阿佐美さんのには見晴らしのいいところなんかない。小さい覗き穴だけがあって、君はその覗き穴を清潔にしておくことしか興味ない」

少女の動揺ときたら、それは心からのものだった。蓮っ葉なことを言ったり、それが自分の弱点をいくらか的確に指摘しているように思えたり、種々の理由は考えられるが、とにかく少女は首尾よく会話を終えることをあきらめ、まったく唐突に、その場を後にする。「ありがとう」という感謝だけ告げて。

のぶれば、この一件は男子生徒の誇りとなったらしい。以降、彼は顔から立ち去る

気配のないニキビに気を取られることなく真剣に勉強に打ち込めるようになったと見受けられたし、当期唯一の東大合格生として関係者各位を喜ばせ、卒業式では答辞まで読み上げる始末だ。少女は「清潔な覗き穴」とやら越しに壇上の後ろ姿を見る。あれ以来時折やってくることになった、彼が自分より深くものを考えているのではないかというぼんやりした不安は、陳腐さを引き伸ばして感傷をまぶしたようなその場にふさわしい答辞と、壇上の彼がコンシーラーをたんと使っていたというばかばかしい噂と事実によって矛を納めたが、その一喜一憂も今は向きを変えて、たまらなく憂鬱な気分をわき上がらせる。

少女はそのまま図書室に向かう。ひたすらうつむき加減のままで中に入ると、司書の類まれにささやかな視線を受けながらそのまま突っきり、向かい側の小さな階段へと続くもう一方の出入り口から出る。薄暗く狭苦しいその階段は渦巻きながら職員室の隣へと続いている。長い間、人っ子一人も通らなかったにちがいないその場所は、床に舞い降りた埃が根を生やし始める音が聞こえそうなほどに静まり返っている。少女はスクールバッグをぶら下げて中段あたりまでふらふら上がり、へたりこむように腰掛け、か細く長い息をつくと、ぐっと縮こまり、頭を抱えこむ。小さな女の子がボ

ウリングの球を持ち出したように長い腕を形の良い頭蓋いっぱいに巻きつけるせいで、その姿はどうにも滑稽な感じがぬぐえない。鋭くとがった膝は砲筒のようにスカートの裾から先端をのぞかせていて、彼女が身を小さく崩し、持ち直すのに合わせてじりじりと現れたり隠れたり。しばらくその姿でいると、予鈴が遠く鳴る。彼女はその音が止まないうちに、右の腕を折り畳んで胸の前にしまいこむように動かし、横に向けた手の甲へはしたなく半分開けた口をつける。目に映るのは階段に揃えられた両足の靴紐の交差模様、その結び目を見下ろしながら、手の甲の薄い肉に歯を立て、かなり強い力で、くっきりと歯形をつけてみる。

少しずつ階段を降りてくるしっかりした足音がした。それが先生のものだと少女にはわかる。彼は、小さくまとまった少女の後ろ姿を認めて、猫の額のような踊り場に立ち止まる。彼は何も言わなかった。

「手の甲を噛むと馬の蹄みたいな跡が残るんです」と少女は言った。それから右手の甲を見る。そこに現れた二つの凹み、弧のつながり損ないは、わずかな唾液で弱々しく照っている。少女は立ち上がり、手の甲をスカートの後ろに押しつけて湿った感じをぬぐいとる。そして振り返る。階段をいくつか上がり、敵意のあるまなざしを上目

に広げると「先生」とか細い声で言った。軽く腕をまくるしぐさで左腕を差し上げ、手首が軽く曲がるのを見せつける。「噛んで」

暗がりの中、相手が何の逡巡もなく、事を為そうとするのがわかって少女には腹立たしい。先生は普段と変わらぬ落ち着き払った手つきで少女の手首をつかむと、口づけにならないよう気遣いを見せて、白く狭い甲に歯だけを立てるようにする。そして、ほとんど同時に彼はもう力をゆるめつつある。

「もっと」と少女は不満げにささやき、手の甲を相手の口元に押しつける。

動じる様子もためらいもなく、先生は強く噛んだ。年齢を感じさせる口角のカーブが丸みを明らかにしながら広がって象牙色の歯がのぞく。少女はどこか無感動にこらえている。どれくらいそのままだったか、やがて口がゆっくりと離れて少女は息をつく。

先生が袖でぬぐおうとする前に、少女は慌てて手をひっこめる。スクールバッグをつかんで階段を下り、図書室のドアを押し開けた瞬間、冷気が唾液で濡れた部分にくっついてぞっとした。少女は隙間から向こうへ滑りこんで歩み去る。

癖。自覚も象徴もなく現れる愛らしい点滅。図書室裏の埃っぽい階段で、馬の蹄づ

くりは少女の癖ではなくなる。というより、そのことにやっと気づく。ありとあらゆる場面で同じまちがいが、幾度となく繰り返されるのだ。少女は叔母の元へ向かう。

明かりの消えた待合室はがらんとしていた。その壁にぴったりつけられた一脚のシートに腰掛けている少女は、片肘を背もたれにのせて、一昔前の蛍光灯によって不健康な白色に浮かび上がる受付の中を眺めながら、眠らぬために喋り続けるという際の、口元をとがらせた話法をだらしなく披露中だ。頭からは「無垢」「潔白」「愚鈍」と物騒な熟語が覇気なく飛び出し、足下では革靴が——今は受付の中にいる清掃係によって——磨き上げられた床を何度となくこすって、その苛立たしげな態度を隠す様子もない。そんなことに耳は貸しても目はくれず、叔母は経理の仕事に勤しんでいる真っ最中で、映画『ザ・フライ』に出てきたような旧式のパソコンに何やら打ちこんでみては、すぐ隣で共にモニターを見ているのでなければ通じも聞こえもしない、うめき声にも似た疑問符付きの単語を唱えていた。少女から見えるのはそのしかつめらしい横顔だけだ。

一方的な観測者にまわったおかげで、少女はお気に入りのギデオンについてひとしきり講釈を垂れていることができたのだが、いつにも増してこの場に垂れこめている重苦しい空気は、自分ひとりのせいではないという自覚もある。

「どうしてかわいいギデオンを放っておいてあげないの」突然、叔母は一言だけ、領収書をより分けているらしい乾いた音にまぎらせて言った。

少女はぎょっとした様子を見せつつ、声は平静を保とうと気をつける。「だって、あのキツネにはもったいないわ」

「ギデオンを損ねないで済むのはオネスト・ジョンただ一人だけなの。数多の無垢かつ愚鈍で間抜けな奴らと面会し、それよりは少ない狡猾で厚顔な連中と夜通し語り明かして、なお自分を保った正直者だけなのよ。ジミニー・クリケットがギデオンの良心だったと考えたらぞっとしない？」叔母の手は仕事に動き続けていた。

「オネスト・ジョンは字が読めないから、正直者の体をしていられたの。ギデオンのことは、どんな奴でも気に入るわ。金魚も猫も捨てがたいけど、私にもギデオンがいてくれたらいいのに。眠たそうな目で押し黙る、愛すべきトンマ」

「愛せるだけでいいじゃない。テレビの前で叶わぬ愛に正座する少女だけが知ること

も沢山あるわ。それに、あなたにギデオンを食わせてあげられる？　二人ともがみじめにならないよう過ごしていける？」

「傍観者の方がみじめよ」と姪は言った。それから尻の下に両手を差し込んで猫背になって、年端もいかない子供が待ちぼうけする姿勢をとる。そのまましばらく左右に揺れていたが、相手の監視は続けている。

「景子ちゃん、今日はかなり運が悪いわね」叔母は手を止めて言った。憐憫の色を隠そうともしない横顔。時々鼻をぬぐう動作だけしながら、長いこと一点を見つめていたが、「私」とふいに言った。「お金の勘定してる時って良くないの。なんでだか全然わかんないんだけど、学生時代みたいな気分になるのよ」

「いいよ、なっても」と少女は答えた。背筋をのばして上半身をちょっとひねり、相手に顔が見えるようにする。「この前言ってたじゃない」

こういう、窓の外にいる少年が室内にいる親愛なる者へ滑稽な顔を差し向ける類の努力が報われることはきわめて少ないものだ。叔母はこっちを見ないで言った。「どんなつもりで言ってたか、忘れちゃった」素っ気ない響きとともに、ひとかたまりの数字がタイプされる音が響く。

少女は報われなかった努力を恥じるように、がらんとした待合室の中央に体を向ける。「学生時代の気分で話してみてよ。今、そういうのを無性に必要としてる気がするの」

「思い知ることになるかもしれないわよ」

「何を？」と姪は眉をひそめた。

「景子ちゃんが、今まで私の意見を受け入れてこられた理由を。それか、私が牧羊犬じゃなかったら景子ちゃんはどうなっていたかってことでもいいわね」

「ゆき江ちゃんが狼だったらってこと？」

この発言は当を得たものであったと自負している。しかし、この発言が文字通り鼻についたらしく、叔母はきつく曲げた人差し指の第二関節で鼻をこすり上げて、初めてこちらに目を向ける。「ねえ、ちょっと話を急いで悪いけど、今度は何があったわけ？」と叔母は言った。その目は不満げに輝いている。

単刀直入は叔母の得意技ではあったが、そんな目を向けられた経験は一度もない。姪は一瞬呼吸を止め、しかしそれを気取らせぬよう自ら呼び寄せたあくびを差し挟み、「ゆき江ちゃんさ」と涙目で言った。叔母は返事をして促してくれた。どういう

わけか、それは姪にとってかなりの衝撃をもつ。そのせいで思わぬ話題が口をつくぐらいには。

「誰かが小説を書いてるなんてことを打ち明けてきたら、どうする？」

会話によらず叔母の仕事は進行中で、声より先にホチキスをとめる音が鳴った。

「別にどうもしない。その人が良い作品を残して天国にいくように願うわね。書いてたの？」

姪は背中を弓なりに反らせて壁に頭をつける。それから自然と視界に入ってきた天井をしかめ面で眺め、改まった調子で、どこかたどたどしく暗唱した。「無能だというのは、と彼は考えるのだった。小説の書けない人のことではない。書いてもそのことが隠せない人のことなのだ」

「それ、誰？」

「チェーホフ」

「誰が言ったのよ」

「チェーホフだってば」と姪は語気を強めた。

「小説でしょ？　誰が言ってたの？」

「忘れた。『ヨーヌィチ』の中だった」

「じゃあ、ヨーヌィチが言ったのよ。ドミートリイ・ヨーヌィチが。チェーホフが言ったんじゃない。強靭って、ヨーヌィチみたいな人間のことを言うのよ」

この頃の少女が読んでいた本のほとんどは、叔母の書棚から拝借したものである。『ヨーヌィチ』も例に漏れない。

「覚えてない。そこを引き写しただけだから。ノート開けたら、偶然、目についたの」と彼女は言った。この会話を一刻も早く切り上げたい一心で、適当な言葉を探す。「カッカしないでよ」

「してないわよ」と叔母は言って、その証拠にとでも言いたげに、長年の話し相手が実に安心できそうな格好の間をあけてやる。「学生時代の気分を思い出してるだけ」

「そうなの。じゃあ、こんなお願いに何の意味もないけどさ、私この世でただ一人、ゆき江ちゃんにだけはカッカしないで欲しいって思ってるの。でも、つらいときに引用態度の話なんかされたら、どんな言い方だってまいっちゃう。状況が一緒ってだけの連想ゲームなんだから」

「引用態度って何よ。何にもなきゃヨーヌィチの文章なんか目につかないわ。景子ち

ゃんは『ヨーヌィチ』を読んだ。今と違って静かに息を潜めて、この世について深追いする何者かの後ろ姿を見たのよ。その御転婆そうな脳みそが追っかけてってね。もちろんそいつの正体ってヨーヌィチじゃないわ。ただ何者かよ。それで、あなたは書物の外でも頭を働かせて、同じ後ろ姿を見た。その一節を思い出した」

「ほんとに、何一つ覚えてないんだって。『ヨーヌィチ』がどんな話かだって覚えてないのに。そういうのがお得意ってだけ。調子よく切り取ったのを、バラバラにして持ち出すの。なんだかゆき江ちゃん、そのうち運命とか言い出しそうでひやひやする」

「それを意識してるのは景子ちゃんの方なんじゃない？　私はどっちでもかまわないわ。どっちにしたっていいことだもの」

「いいことなの？」と姪は気の抜けた返事をした。

「思い出すことは全部良いことよ」

「それなら、今、もっと大事にしてるやつがある」と姪は早くもほとんど怯えた声で言った。「私が一生懸命そうしようとしてるって意味だけど」

叔母は沈黙でもってそれに応え、促す。

「あらたまられたら死にそう」と少女は今にも死にそうに言った。

「平気よ」

姪は例の水族館の惹句を叔母に提出した。今や文脈に押しつぶされた言葉を、引用という形で再び書いてみよう。もはやこの文言は飾り付けられた意味をなくし、いつ十九世紀にお返ししてもいい状態だ。しかし、つまらない映画のビデオやＤＶＤを返却しなければならないというのは、実に恥を伴うものである。

『優雅にしかも堂々と休み、軽々と泳ぎ、生き生きと遊び、狡猾に潜み、懸命に格闘する』

この文言を口に出した時の恐ろしさといったら、喩えようもない。叔母はゆっくり少女の方を向き、やや横に広がった小鼻を触ってやや親密な雰囲気のある目つきを投げかけてくる。二人の年の差が改めて日の目を見たような感じだ。

姪は何か言われる前に言おうとした。「昔の、ハンブルクの水族館のパンフレットに書いてあったんだって。魚たちの生き方を説明してる。ちょっと手本にしようと思

って」

「それって、魚のように生きる、じゃいけないの？」と叔母は言った。「カッカしてるわけじゃないわよ。確かにその一節、なかなかいいとこ突いてる。エネルギッシュな大会社の創設者の自伝に三色ボールペンで線を引いたわけでもなければ、大作家の書簡からこっそり拝借したものでもない。人間のことを得意気にあげつらったものでもないし、誰かが見つけ出して拡散する心配もほとんどない。それがあなたの気に入るの」

姪は黙って耳を傾けている間、目のやり場を暗い床の片隅に見出している。合成皮革の長椅子に上げて交差させた足を、身体にぴったり引きつけて縮こまっているが、それがピノキオの鼻のように間抜けに伸びていくように思えて仕方ない。なるほどね、と彼女は小さく言った。

「優雅にしかも堂々と休み、軽々と泳ぎ、生き生きと遊び、狡猾に潜み、懸命に格闘する」と叔母はいとも簡単に暗唱した。「その言葉が『魚のように』って言葉にすり替えられる時が、休みなく訪れるのよ。しかもすり替わったところで、そっくりそのままおんなじ意味なの。それに耐えられる？　耐えられるんならそれでいいし、ダメ

ならうさ晴らしの手段なんて一つも無いってことに気づくことね。みんな同じよ。私は牧羊犬だろうと狼だろうと構わない。でも、景子ちゃんは自分をどう言うの？　人生を振り返る時、自分のことをあの少女って呼んでる姿が目に浮かぶわ」

「私がこんな風になったことに原因なんてないんだろうけど。そもそも原因を見つけようとするのはバカげてるだろうけど」と少女は意気を振りしぼり、階段を駆け上がるように語気を強める。「耳の痛い言葉に含蓄まであったら、一体どうすればいいの？　こういうサイテーの経験を何度も何度も繰り返してきたの。それって、すっごく有力な候補になるわけ」

「ええ、景子ちゃんに罪なんかないわ。みんなそう。景子ちゃんのお好みでない誰も彼もそう。勝手に見聞きして思案を巡らせて迷惑をこうむって、今いる場所に落ち着いたんだわ。そいつらに一撃喰らわせたいって言うなら、一筋縄じゃいかないのもわかるでしょ。どうやっても逆恨みになるんだから。それでも許せないで一発喰らわせてやりたいなら、伝記ぐらい書かなきゃダメよ。書いて書いて書きまくって、やっと持ち上げられるような大著になるまでそいつのことを書いてやるの。そしたら、それを凶器にすることだけは認めてもらえるはずよ」

こんなことを言うときの叔母の声には、実に魅力的な響きがある。そういうことを思い返すと、叔母と弟のカラオケ大会に一度も行かなかったことを猛烈に後悔したりもする。母も時々、父ですらごく稀に参加していたというのに、弟の誘いを頑なに拒んで時間をつぶして姉は恬然としているのだ。

言葉と肉体を同時に認識するのは不可能だというそのことが、あらゆる点で脱力を招いている。言葉と肉体は事実を思いかえす場合ですら几帳面に分断されているのだが、この結果、聞かせる言葉の操り手であればあるほど、聞き手が語り手の言葉に気を向ければ向けるほど、その肉体が自ずと隠されることになる。逆もまた然り、誰も、愛らしい動き手であるギデオンの言葉を思い出すことなどできないのだから。こうした、言わば鳥目の持ち主の思い出話には、ミノタウロス＝ケンタウロス名義で作られたような欠損人間たちが勢ぞろいして、ちぐはぐにしゃべり出すことになる。問題は、多くの人間は、それを人間らしい姿で描こうとする良心の持ち主でありたがるということだ。その場合、文章はかなり大きな問題のスクラップとして現れざるを得ない。彼らは呵責に耐えかねて、ある者にはそれらしく動く肉体を、ある者には相応に陳腐な言葉を、惜しみなく、ある通念に沿って与えてやっている。そこには、人物

たちの個性の妨げにならぬように、もしくはまったく新たな個性を装飾してやるために、「不偏不党」のスローガンを事あるごとにつぶやきつつ大奮闘した痕跡がはっきりと見受けられるのだ。しかし、まさにそのために、彼らの姿形は漆喰に塗りこめられ、体の一部をのぞかせるに留まってしまうのである。

叔母の目に、肉体から逃れ続ける姪はどう映っていただろう。また古い思い出が浮かんでくる。小学生の頃だ。少女は高熱を出して早退しようとしたが、家には誰もいない。仕方なく叔母を頼り、保健室から病院へ電話をかける。くたびれた患者で埋め尽くされ問い合わせも断続的に鳴り響くであろう日中のことだ。いまいましい叔母は、病院名を言う前に思わず放たれたくしゃみ一発を聞いて「景子ちゃん？」と言い放った。

おそらくはその時の電話を取ったのと同じ場所で、モニターを眺めながら叔母はため息をついた。「脱脂綿、消毒液、トイレットペーパー、ハンドソープ、マット三枚の交換料」と言い、クイズのような間をあける。「これで、もう三万になっちゃうの」

「でも開業医ってもうかるんでしょ」と姪はそっけなく言った。

「暢気なものね」と叔母はつぶやき、そこで自分に鞭をくれるような感じで言葉のピ

ッチを変える。「おじいちゃんはそりゃいいわよ。人の目玉をのぞきこむのが好きなんだし、実際すごく楽しそうでしょ」

　大人たちがいつでも子供の視座に立って呼び名を使い分けるという問題についても考える価値がありそうだが、これ以上、叔母の邪魔をするのはやめておこう。一つだけ言っておくとすれば、こうして大人とやらに図らずもなったつもりでいる今、それを体当たりで演じることにやぶさかではない。

　叔母は続ける。「でも、取るに足らない資格しかない私は、病院の中でどう立ち回ればいいのよね。この狭っ苦しい中を小間使いみたいに駆け回って、お金に無闇と触りまくって、念入りに清潔を保って、ご挨拶を連発して、他愛ない話を聞いて、それを楽しみに生きていけるなら良かったのに。自慢じゃないけどこの二十年、お金の計算、一回も間違ったことないの。景子ちゃんにはまだわからないかな。うちの経理状況って、ちょっと考えられないくらい、要は死ぬほど健全なわけ。けどそれはね、私が自分を出来る限り擲《なげう》った結果なの。やり慣れたことを次から次へとひたすら片付け、それを繰り返してる。良い仕事をするっていうのはこういうことなの、きっと。だけど今夜はなんだか間違えそう。景子ちゃんのせいじゃなくってね、自分の声のせ

いで」

長広舌にふれて、姪はうんざりした顔を見せる。仕事ということにかけて少女は真の無知であり、それに対して興味を持つ馬力もない。そして、このあたりには、より多くの、より巧みな叔母の発話が存在していたはずで、それは貴重な独白の形をとっていたはずである。今、それを事細かに想像するような分別も技術も持ち合わせていないという思いに立ち返ろう。思わず謝りそうになるが、頭を下げた先には誰もいない。

「ゆき江ちゃんの苦悩はわかるけど」と姪は言い、自分の言葉に虚を突かれる。「ごめん」と慌てて言った。「わかんないけど、とにかく、私は今死ぬほど悲しいので、余裕があんまりないのね」

「そんな時に私のところに来るなんて」

「幸か不幸か、私にはまともな意見ってやつをおっかなびっくり聞きに来る場所があるの。そのせいで一人前になれないんじゃないかと心配してる」

「その直感をどうして生かさないの」と叔母が言うのと同時に切り裂くような高い音が響く。つっかけたサンダルを床にこすらせて立ち上がったのである。「おっしゃる

通りで、私に景子ちゃんなんて救えない。そんなつもりもないしね。古今東西、まともな意見なんてものが命綱になったためしはないんだもの。もっと丈夫なのを見つけなきゃ」彼女は少し疲れたような顔で受付から出る。そして、医療事務員的歩度を崩さず姪の前を横切ると、外壁よりも濃いグリーンのロールカーテンを次々と下ろしていく。「ただケチなやり方しちゃダメよ。見習うべきはロビンソン・クルーソーとかベア・グリルスとか、ああいう奴らよ」

その間、姪はしばらく目を閉じ、叔母の声と足音を聞いていた。声と音がやんで目を開けると、叔母は姪の向かいの長椅子に、正面から少しずれて座っている。そして薄闇の中、姪の身体中をくまなく値踏みするように見る。長椅子の上に横たわって左肘をついた姿勢の姪は逃げる気力もなく、せめてもの抵抗に、うっとうしそうにまた目を閉じ、背もたれに頭をもたせかけると、唇を結ぶ。

「本当に」と叔母はため息をついた。「学校なんて場所でどんな視線をやられてるのか考えるだけでたまらないわ」目を閉じたまま挑発に乗るまいという憮然とした沈黙で応じる姪を前に、叔母は、さもありなんという顔つきを見せて薫陶を垂れる。「そういう奥ゆかしくない態度も好き。それが恋心の宿り木になるのもご存じないみたい

だからね。その全てが、あなたに与えられた正当な権利なの。錆びついちゃう前にきちんと使ってあげてほしいものだわ。宝の持ち腐れなんかされたら——」

「よして」と姪はわざわざ掌を顔の前に出して言葉を止める。「だいたい、私にそんなこと言うのゆき江ちゃんだけよ」

「よさない。せっかく楽しくなってきたんだもん」と叔母は楽しそうに言った。「眉目妍好《けんこう》ならぬばかりか、色黒く丈低き女子の一分よ」

少女はこの謂われあるらしき文句を、後ほどネット検索してやろうと頭に留めた。それによれば、叔母は鷗外博士が離婚した前妻登志子の訃報にふれて『小倉日記』に書いたものの本歌取りをしていたらしい。こうした芸当を、しばしばあまり効果的でない場面でも安売りする彼女の記憶力に、おそらくただ一人の取引相手である少女が絶えず怯えていたのは、一介の女子高生にとって、そんな書くときにだけ許されるような魔術は、この世に実在しては都合の悪いものだったからだ。こちらがそれを真似るときは、執拗に準備された手品のようにしかならないのである。叔母の蔵書には、書き込みはおろか、端を折ったページさえ見つからないし、それを別に書き取ったものも、処分した可能性を疑わないわけではないが、一片も遺っていない。たまに、髪

の毛やはがれた唇の皮みたいなものが挟まっていたりすると、そのページにきらめくような一句をさがしたものである。さて、この鷗外についてもう少し深入りしてみる。

　嗚呼是れ我が旧妻なり。於菟の母なり。赤松登志子は、眉目妍好ならずと雖、色白く丈高き女子なりき。和漢文を読むことを解し、その漢籍の如きは、未見の白文を誦すること流るゝ如くなりき。同棲一年の後、故ありて離別す。

余すことなくその効力を発揮させるため、きっかり二年後に再婚した鷗外の手紙も添えておくべきかもしれない。それは鷗外が親友と呼んで憚らない相手に宛てたものだ。叔母の記憶力がここまで及ばなかったはずはない。

　好イ年ヲシテ少ヾ美術品ラシキ妻ヲ相迎ヘ大ニ心配候処万事存外都合宜シク御安心被下度候

美術品に向かって叔母は言う。『負けの美学』なんて言うけど、女にはそんなものないみたい。だからどんな手使ったって恥ってことはないの。孤独さえも武器にしなきゃ、取り返しがつかなくなるかもよ？　ねえ、十七歳の女の子って、どんな気分？」

「ゆき江ちゃんの十七歳と同じようなものよ」

「同じじゃないわよ。美醜の溝はかくも深し。景子ちゃんが私みたいなナリしてたら、どんなに甘やかした態度をとってしまったかってことをよく考えるのね」

美醜の問題において、今まで耳の届く範囲にいた何十人の人間が、あの平安時代の美人とやらを持ち出し、この問題から目を逸らそうと試みてきた。それがある程度の説得力を持っていることはともかく、彼女が呼び出されているのを耳にするとたまらない。無垢な彼女に、一人の人間として愛し愛されたという証跡——太ももののほくろだとか、同じ所に繰り返す吹き出物だとか、女性器——の一つでも書き加えてやりたい衝動にかられるのである。最早、はっきりしてきたのではないだろうか？　阿漕から遠く離れて琵琶湖を見たがる気分やら、世の中にあるべき「美しさ」の換喩ばかりを渉猟している浅ましさとやらが。かの白雪姫を美しいというとき、その焦点は自ら

鏡に尋ねなかったという一点に存するのであり、それがなければ光は拡散するばかりなのだ。しかし、刑事ドラマの取調室にあるような照明を自分自身に向けられたとき、そのまぶたは閉じきってしまう。それを叔母は承知し、ここを先途と飽きることなく利用することができるのだから意地が悪い。

年を経ていくぶん冷静になった今日の目からも言わせてもらえば、叔母の容姿は、清潔感に疑いはないが十分に醜いものではあった。背は低くやせこけ、白髪の混じったひっつめ頭によって乾いた黄色い肌が哀れにさらされていた。散り散りの皺を従えた一重まぶたは重たく目尻に垂れ下がり、低い鼻の厚ぼったい小鼻からほうれい線を追いかければ、しもぶくれの裾野が広がり、首筋のしわが目についた。それは何十本にも細かくわたるおびただしいものだ。にもかかわらず、あの頃の少女は、叔母のことを、砂漠に暮らす不惑のちんくしゃだとか、おたふく風邪に罹患した一重の火星人だとか思ったことはない。少女はこの問題に無頓着だったわけではなく、当人から常に砂をかけられていたのだ。巧妙な人間は、相手が目をつぶっている隙に教えを刷りこみ、その後で起こる全てのことを、自分抜きで納得させてしまう。時折、細めた目で叔母の「外見」を見つめようと試みると、薄化粧がなされているような奇妙な感じ

を持って現れることがあった。二人は互いに化かし合いをやっていただけなのかもしれない。今この対象を失ったまなざしがその顔全体から愛嬌を除いてしまうことを考えれば、患者たちが、そんな叔母のどこに視線を落ち着けていたか、想像するに難くない。彼らの目は、叔母のオーパーツとも言うべき、均整の取れてつやのある唇に向けられていたに決まっているのだ。ましてそこからは透き通るような声がやってくる。実際、それだけあれば事は足りているのではなかろうか？　そのせいで、こんな説を思い浮かべる。叔母は求められるがままに言葉をふりまき、休むことなく耐えることで、絶えずやつれた姿をさらしていることになった山姥である。こういう説は、残された者特有のつまらないうぬぼれに肩まで浸かっていると、どうにも消し去ることができない。一刻も早く会話に戻らなければ。記憶の腐敗が進まぬうちに。

「景子ちゃんを孤独に駆り立てるものはなに？」と叔母はどこか上機嫌で言った。

「こんなこと言えるの、きっと今夜だけよ」

「なにがよ」と姪は深いため息をついて言った。

「本当よ」と叔母は微笑する。あちこちで繰り返される微笑の全てを管轄することなど不可能だ。「逃さない方がいいわ」

「いいわよ。例えばさ」と姪は挑発に乗って前置きした。「傷ついた女の子が、物思いに耽ってとぼとぼ歩いてるとするでしょ。月明かりに長い影ができて、それ見て孤独を悟ったりなんかしてるんだけど、その子、そう思いながらも、暗闇に誰かがいるってことをかなり期待してるわけ。その誰かっていうのは、完璧な孤独の持ち主なの。何百年もずっと、暗い中をうずくまってたのよ。その人が自分に気づいて、しゃがんだまま一歩横にずれる音を聴けたらって、心から願ってるの」

「音を聴くだけでいいの？」

「うん、それだけじゃ我慢できないかもね。手を差し出してもらいたがる。それが修学旅行のバスの中だって言うんでしょ？　私もそう思うよ」と、そこで少女はかぶりを振った。「やっぱりもうやめよう。涙も出ない」

「その完璧な孤独の持ち主とお近づきになる方法が、愛想をつかして人前から消えてしまうってことなのかしら。確かに、古風で、たった一つの冴えたやり方ね」まさにその時、叔母は姪の左手に目を留め、顔をこわばらせる。そこには、ヒポクラテスの誓いを暗記する者特有の抑えがたい職業的欲求が働いていたように思えた。「それ」と叔母は姪の手を指さす。

「ああ」と姪は生返事をしてそこに触れる。すでに凹凸はなく、赤い跡だけが浮かび上がり、端的に言って、みっともないことになっている。

「その癖、まだ直らないの?」叔母はいぶかしげに訊いた。まるで十年前に質問されたかのような首の振り方で応じる姪に厳しい目を向ける。「直らないんじゃなくて直したくないのね」と叔母は言った。考えこむように拳を顎にそえて、ひと時ばかり目を細める。「なんだかレトロゲームのコレクターみたいね」蛇足めいた明喩をわざとらしく添えて、意地悪なことに、姪の手の甲の跡を間近で見ようと顔を寄せてくる。

少女は慌てて手を返し、逃げるように跳ね起きる。立ち上がり、幾何学模様のしわがついた制服のブラウスをまとった背を叔母に向けて数歩歩き出した方向には、ちょうどウォーターサーバーがあって、無機質な青い光の点を灯していた。彼女はそこまで行き、立て続けに水を二杯、喉を鳴らして飲み干す。ボトル内に大きな空気の泡が発生するくぐもった音が響き渡った。彼女はポケットのハンカチを取り出したいが、やや手こずって、一度あきらめかける。その顔色は青ざめていると言ってよい。それでも彼女は取り出して、作法通りに用いる。その後しばらく、少女は口をぬぐい終えたハンカチをそのまま押し当てていたが、意を決したという表現が必要なほどの速さ

で叔母の方を振り返る。「癖はもう直ったの」彼女はハンカチを心持ち浮かせて言った。「金輪際ここには触れないと決めたから」

叔母は姪の直《す》ぐに伸びた足を凝視している。急に、外の国道を走り抜ける自動車の音が聞こえてくる。

「なんでもないから気にしないで」と少女は言った。それからすぐに、ハンカチの山折り部分を下にしてポケットに突っこむ。「孤独なレトロゲームマニアって、きまって『昔のゲームには愛があった』とか言うでしょ。そういうのってどう？　ゆき江ちゃんは感傷的だと思う？」

「さあ？」

「真面目に答えてよ。私が訊きたいのは、何かと何かを結びつけたりするようなことをどう思うかってこと。修辞法とか、そういう全部のことよ」

「振り返れば奴がいる、って思うわ」

「元ネタわかんない。ふざけないで」と姪はいら立ちを隠さず言った。それからハンカチを持ったまま、一歩二歩、叔母の視界に入らない方へと歩き出す。

「織田裕二でした。じゃあこれは？　人の生涯とは、人が何を生きたかよりも、何を

記憶しているか、どのように記憶して語るかである」

「それもムリ。マルケス？」

「そう」と叔母は鼻から息を抜いて言った。「論より修辞。新しい価値を欲しがるならそうよ」クイズの正解はさておき、どこかげんなりした顔ではある。「みんながやることを毛嫌いしないようお願いするわ。私はね、景子ちゃんがいつかごはんを食べなくなって、呼吸をしなくなって、生きるのもやめちゃうんじゃないかって本気で心配になるの。そんな詩人もいたでしょう。みんなを残していかないでよね」

「誰だって、どの道そうなるじゃない」姪は今やもう、待合室をかなりゆっくりなスピードではあるが行き場なく徘徊しているところだ。「家族にだけは、私のこういう問題を持ちこまないように用心してるの。どんなに問題を抱えようと言葉にしないでイラついてる長女でいたいの。甘いし、なっちゃいないけど、志はそう。けっこう楽しいし。これは、私の問題なの。誰も私の問題に関わってほしくない。残念ながら、ゆき江ちゃんにもね。もちろんゆき江ちゃんが関わりたがらないことだって知ってるけど、それでもはっきりそう思うの。身の上話なんて、相手がそれを知る由もなければ、いつ爪を切ったかだって一言も話したくない。相手にも話して欲しくない。だっ

て、そんなの何一つ、ほんとに何一つ意味ないんだから。とにかく、私を誰にも紹介したくない。だから、そうじゃない人間を見ると、実に実に、実にたまらないのよ」

「火がついたわね。マルケスお嫌い？」

「お嫌い。なんか巨大なオカマのゾウの昔話を聞いてるみたいで。あんなインチキやってると、いつか読まれなくなるわよ」と少女はきっぱり言った。今は窓際に立ち、ロールカーテンの隙間に目を寄せて外をのぞいている。「そもそもさ、普通そんな引用わかんないのよ。頭の中の散文がすらすら口をついたりするなんて、本当はあっちゃいけないことなんじゃない？」

「今日は景子ちゃんが始めたんじゃない？」

「私のはゆき江ちゃんの猿まねだもん。ゆき江ちゃんみたいにさらっとやられると、みんなそうなんだって勘違いしちゃうのよ。そんなつもりなくても、えらそうに話しかけてくる全ての人に、致命的な欠陥を発見するの。後天性の生き字引でないっていうくだらない欠陥ね。別にいいんだけどさ、それに目をつぶるためにちょっと気合がいるの。気合入れたらその人を嫌いにならずにすむんだけど、楽しくお喋りしてみようなんて、いわゆる淀川長治的な元気はこれっぽっちも残らないのね。私の汚点はゆ

き江ちゃんのつけた染みの一点から広がってて、もう手がつけらんないみたい。ねえ、ちょっと待っててね。何にも言わないで？」姪は一つのカーテンの端を引っ張って、隣とのわずかな隙間を埋めようと試みる。手放した物が物理的に正しい位置へと揺り戻り動かなくなるまで、彼女は数秒間じっと待っていた。「だから、これは直感だけど、今は偉大な小説家の言うことを考えるって気分じゃないわけ。どっちかって言ったら、それこそ織田裕二と世界陸上観る方が百倍マシ。ていうか、それよりマシなことってないんじゃない？　他の人には悪いけど、マルケスだってもう死んだし、許してくれるでしょ――許してくれるけど、それがまた死ぬほどいやなのね。とにかく、許されてるって思いながら何かすることがいやでいやでたまらないの。許されなきゃ何もできないみたい。何でも許されたがってるみたい。ほんとはぜんぶ許されることを知ってるみたい。これって神経症？」

「文学よ」と叔母は言った。「退屈でしょう」

姪のくっきりした眉がゆがむ。洗濯ばさみで二点吊りされたような奇妙な具合だ。そこへ火消しに走った両手がなでつける前髪によって、その目元が覆い隠された。彼女は最も手近の長椅子の端に腰を下ろす。待合室の中央に陣取っている叔母からは容

易に見通せる位置だ。そのまま仰向けに寝転がったところで、少女の目元に置かれた両手の指はより力をこめて組み合わされ、光を失うところまで視界を遮る。その下で口だけが動き始めた。「さっきから言おう言おうとして言わないでいたこと、もう何の価値もなくなっちゃった気がする」ものの数秒口は閉じていたが、また開いた。

「これ、ただの報告よ」

叔母はやはり無言で応じる。視線は、姪の白いソックスをはいた足首に落とされていたはずである。叔母はこんな風に話をするとき、決して横に目を背けられない。

「私、もう処女じゃないの」と姪は言った。そのまま下りてきていた両手が次は鼻と口を覆って止まる。現れた涼しげな目元は、過度な湿気をのぞくためだとかいう、ひっかき傷のような浅い穴が無数にあいている薄暗い天井を見つめている。「文章を宛てたの。そこには、気まぐれの子供っぽい仕掛けがしてあって、例えば、『む』の小さい丸とか、『し』のくぼみとか、ところどころに塗りつぶしがしてあるの。マーキングされた字を順に拾っていったら、うら若き乙女が閨房に誘う文句が現れるってわけ。そういうバカみたいな文章を宛てたの」返事が無いので彼女は続ける。「それが伝わろうが伝わるまいが、本当にどうだってよかったの」語るに落ちたように流暢に

なるのはいつものことで仕方があるまい。そんな時は最前言ったことさえ効きが悪い。少女は口元から手を外し、自分の指の爪をながめる。「私の中に、カフカの断片に現れるみたいな小男がいるの。そいつが自分を見張ってるんだってことに、ふとしたときに気づくのね。そいつはすっごく無意味で、だからこそとてつもなく私に迫るのよ。そうすると、なにか意味のある振る舞いなんか、少なくとも言い訳しようがない振る舞いなんか、できないわけ。そしたらサイコロ振るしかないいじゃない」

「景子ちゃんはサイコロを振ったんじゃないわ。振らせたのよ」

「そうね」と姪はすぐさま落ち着き払って答えた。彼女は今まさに、右手の薬指の爪に、重々しい家具をどかしたようなへこみを見つけたところだ。それを左手の人差し指で執拗に撫で始める。

「どんなに立派にやろうと思っても、最後は決断をまかせなきゃしょうがないような心細い点が、今も残されてる。フェミニズムなんて流行らないけどね。どう？　柄にもなくもがいてみて、何か変わった？」

「気分がわるい」と姪はやや大きめの声で言った。「それだけ」という言葉のあと、水を飲んだばかりの口内に広がる潤い——そこにはすでに粘つきの予感がある——を

舌の上にかき集めてぐっとのみこむ。「こんなことで私の背が伸びるなんて思ってないし、なんだ意外とあっけなかったなんて良くある回想するわけじゃないの。それなりに緊張して、それなりにいい気分になって、それなりの痛み、それなりの血、それなりの喪失感も達成感も感傷もあったわ。きらいな人じゃなかった。幻滅するような醜態もさらさないですんだの。それはお互いにね。でも、なんていうか、私は急に、自分が恵まれすぎてるんだと思ったのよ。それで、きっと相手ともその事実とも関係なく、反吐が出るって感じたの。それでぜんぶわかんなくなっちゃった」

「考えるからわからないのよ」

姪は体を起こし、やっと一本の指を撫でつけていた手をほどく。叔母に向けられた目は、納得いく説明への意志を物語る力強いものだ。

「心の中を穴があくほど見つめてる。元々そこに悩みなんてなかったのよ。少なくとも景子ちゃん自身のものは何にもね。あなたがあけたのは、それだけじゃ悩む価値もない穴だけ。その穴は、あなたがすでに知ってる誰かの悩みがぴったりはまるようにくりぬかれてる。その悩みが、穴をあけると同時にそこへ巣くって育つの」

「それがヨーヌイチの悩みだったって言いたいの？」

「言いたいわ。景子ちゃんにとってその言葉は、書き留めておくべき金言だったわけでしょう。あなたは彼の金言のためにくりぬいた穴で、それを悩みに育て上げたの。それは当然、美しい象嵌細工としての完成を見るわけね。悩めば悩むほど、自分より美しい心延《こころば》えの持ち主はいなくなるって寸法よ」

姪は長椅子の上に膝を抱えて、そこに鼻を沈めるように縮こまる。先ほどまで彼女の身体で表現されていた疲労や落胆、反感の色はそれしきのことですでに失せ、瞳の光は鈍い落ち着きを取り戻しかけている。

「恵まれすぎてるって思ったのも、他の人がみんなバカに見えるのも、みんなそのせいよ」

姪はしばし考えこんでいたが、膝の上にあごをのせて上目遣いで叔母を見やる。

「じゃあ、ぼけっとしてたら、考えなくてすんだってこと？　なにも知らなかったら」

「そういうのに憧れるんでしょ？　ずっと言ってるじゃない」叔母はそう言って、わざわざ意味あり気な表情を投げかける。「でも、景子ちゃんが似てるのは疑り深い方のギデオンだからね。逆立ちしたって無理な話よ」

なるほど、例えば旧約聖書に触れていなかったというだけのことで、叔母の言葉を

どれほど聞き漏らしてきたかわからないが、とにかくそれしきのことで少女は否応なく黙らされてしまう。こんなことは数多ある例のほんの一回である。こんなことよりもっと切に、思い出したいことはいくらでもある気がする。

「ねえ」と叔母が仕切り直しの声をかけた。ほとんど同時にサンダルをはき直したらしい小さな音が部屋中に響く。「私がマクドナルドで九十歳のおばあちゃんに話しかけられたの、話したことあったっけ？」

「ううん、最近？」

「大昔。大学生の時ね。景子ちゃんはそれこそこの世のどこにもいる気配はなかったわ。貧乏学生にはありがたいから熱心に通ってた。そのおばあちゃんのこと、入ってすぐに目についたの。お上品なボレロみたいなの着て、人の良さそうな厄介そうな笑顔を出しっぱなしにして、二人がけの席に背中をかがめて福助みたいに座ってた。いやだったけど、席が空いてなかったから、隣のテーブルに座って本を読んでたの」

　さて、叔母がこの思い出話をしようということをどの時点で思いついたのかについて、それを知らせる兆候——目頭を押さえたとか頭の上に豆電球が点灯したとか——をどこかにこっそり書き足そうと試みたことについて言っておくべきことがあるよう

に思われる。実際にちょっと入れてみたりもしたが、続きを書こうと読み返すたび、その部分を、即時抹消せずにはいられない。こうした作家的要求とも言うべき横やりは、運転中にどこからともなく救急車が現れるようなものである。それは危急のものを運んでいるか、まさにそこへ向かおうとしている。ことさらついていく義理はないにしても、じゅうぶん尊重し、少なくとも道を譲ってやらなければ、あらゆる文字の渋滞は救い難いものになるだろう。

「そのおばあさん、お勉強して大変ですねえって話しかけてきた。楽しみのために本を読むなんて彼女には想像もつかないのよ。で、おばあさんはそれから一時間ぐらい、無限に言葉が出てくるみたいに語りまくったわ。自分の半生と身辺、最近あった殺人事件と火事のニュース、一人でマクドナルドに来る曲げられない習慣、とめどなく頭に浮かんでくる全てをね」

「おもしろそう」

「ぜんつぜん」と叔母は意地悪そうに笑った。その表情は姪に物珍しいが親しみある感じをはっきり抱かせた。「最初はちょっと興味をそそられたんだけどね。声もちっちゃいし、断片的すぎるし、説明ないまま固有名詞ばっかり出てきて、そのくせ紋切

り型で、何より繰り返しばかりで、うんざりよ。私もいい加減眠たくなってきてさ。本も読みたいし。だからほとんど覚えてないの。でも、最後に初めてこっちから質問した時の答えだけは覚えてる」

「何を訊いたの？」

「今までで一番楽しかったなって思い出すのはいつですかって」

「そしたら？」

「戦時中にお友達や人間のクズと喋ってた時だねえ、って言った」

「人間のクズ？」

「近所の男たちはほとんどみんな戦争に行っちゃったの。それで、人間のクズしか残ってなかったんだって。それで私、今も後悔してるんだけど、徴兵検査ではじかれた人なんですね、って言ったの」

「なんで後悔するのよ」

「さあね。でも、別の言い方があったような気がするのよ。人生で一番楽しい時間を共有した人だけがためらいなく使える『人間のクズ』みたいに、私なりの、悔いの残らない言い方があったんじゃないかってときどき考えるの。けど、わかんない。で、

とにかくそう言ったらおばあちゃん、そう、そいつとお友達とで、川から水を引いた洗濯場で洗濯しながら毎日話してた、楽しかったねえ、って目を細めるの。そいつは父親殺しの話もしてくれた、なんて言ってってね」

「ほんとなの、それ」

「さあ。おばあちゃん、その話も全然覚えてなかったのよ。そこにいたら本当につまらないんだから。最後には、がんばらなきゃダメよって私に言ったわ。絶対、全部、自分に返ってくるからってね。神様は見てるからって。がんばってればいいこともあるし、お金もうんと稼げるようになるって」

「へえ」少女は気を取り直しつつある証拠に、わざとらしい気抜けの声で言った。

「だから、私どもの宗教に入らないかって」

「は？」と姪は口をゆがめた。このはしたない感動詞は、残念ながら——今まで書くのを控えていたが——叔母といる時の少女の口癖だったかもしれない。

「その人、新興宗教の勧誘だったのよ」と叔母は座り直しながら言った。「マクドナルドに通う習慣ってのも勧誘活動。今度の土曜日、大きな集会があるからどうですかって言われたわ」

「なに、笑い話なの？」姪は反感をこめて言った。未だ痴愚神への参拝をすませていない彼女にはいかんともしがたい問題だったろう。この話はかなり強い印象を残している。厳格と言うよりはずさんな管理者によって伐採禁止区域に指定されたこの場所では、曲がりくねった貴重な言葉が手つかずのまま残された印象を保ち、気休めに、何かを慰めてくれる気がする。

「笑い話ならもっと苦労して磨き上げてるわよ。でもさ、おばあちゃんのトレイに置かれたかっぴかぴのハンバーガーの歯形見てたら、ちょっと行ってみようかなって気にさせられたものよ。入れ歯に決まってるんだけど、自分もこんな歯形をつけられたらって本当に思った。はっきり覚えてるのって、そんなことばっかりなのね。もちろん、その全部がおばあちゃんが長年かけて身につけた勧誘テクニックだなんてことも考えたけど、そんなことわからないじゃない？」叔母はそこでちょっと口をつぐんだ。「誰にも言わずに何度も思い出してたら、どんどんいい思い出になるみたい。ここで話せてよかった。一人でなければ遠くへ行けないなんて思っちゃダメよ」

「は？」

「一人でなければ遠くへ行けないなんて思っちゃダメ。自分しかやっていないような

ことに興味を持たないようにお願いするわ」

「ゆき江ちゃんの話、さっぱりついていけない。いつもだけど」

「それで結構。私は弾切れ。ここからは、三分で帰ろうと二時間居座ろうと結果は同じよ。引き際をまちがえないようにね。私、もう景子ちゃんのことをちょっとも考えられない気がする」そこで叔母は立ち上がった。「せいぜい一生懸命、仕事をさせていただくわ」

「無責任なんだから」

受付に歩きかけていた叔母は振り返って、口元に笑みを浮かべながら、目は悲しげに言った。「無責任じゃない叔母なんてこの世に存在しないの。そして、全ての叔母が子供の頃からそうだった。まるで景子ちゃんみたいにね。信じられる？　ヨウくんの娘や息子に景子ちゃんは何をしてあげられるかしら」と叔母は言った。そして、その想像を拒否するように姪の顔を凝視して口を結ぶ。

弟に子供はない。これからもないだろう。弟は子供をつくれない身体の女性——もちろんそれは後でわかった——と結婚した。そして、愛想のわるいコッカースパニエルを家に迎えている。どうにも心配になるのだが、あまりに身内びいきすぎるだろう

か？　とはいえ、その代償として、弟が交通事故を起こし、相手に半身不随の障害を負わせたことを書き起こせば埋め合わせになるということでもあるまい。そっちの顚末の方がよほど何かを表現してくれそうだ。彼らの交流は今も続き、ディアと名付けられた犬はその男性というか車椅子に、敵意むき出しで吠えかかり、彼らはいつも苦笑いをするということらしい。

「ね、悪いこと言わないから覚えときなさいよ。色んなことを。なるべく全部のことを覚えておいて。今までにこの世に起こった全部のこと、何かのきっかけで思い出せるかもしれないって、ずっと思っておいて」

「全部って？」

「全部よ。私から九十歳の新興宗教信者。彼女の人生を彩った洗濯場の聞き上手。彼が殺してしまった父親。それからそうね、有史時代を行きつ戻りつ後にして、白亜紀のパラサウロロフス。そして、その子が目にした、前の晩の落雷でまっすぐ皮が剝がれてるスズカケノキ。それがまだほんの幼木だった頃のこと……」

「期待しすぎよ」

「してないわ。期待なんかしてたら信じられないもの。そういう意味で敬虔なの。化

石を燃やしてプロ野球選手は照らされ、観覧車は回ってる。そんなことって信じられる？　与えられなかった歴史がいつか、景子ちゃんの頭の中に組み込まれますようにって、祈っとくわ」

「何言ってるか、ほんとにぜんっぜん、わかんない」

少女は自分の好きなとぼけ顔の恐竜の名を出されて、家族と叔母で行ったどこぞの恐竜博での出来事を思い出す。その時、彼女はひと時も叔母のそばを離れない。全ての恐竜を尊重し情感をたっぷりこめてさりげなく驚嘆する叔母ほど、ゴムの皮をかぶった機械仕掛けの恐竜たちとの出逢い方に精通した人物はいないように思えて、少女は『ジュラシック・パーク』のティムの気分で快く、暗い館内を進んで行ける。不気味な鳴き声が響き渡る中、体を寄せ合う二人。突然、目の前の岩場から恐竜が顔を出した。それほど大きくない恐竜は赤いエリマキを広げて毒液を噴射し、まともに喰らった叔母は、膝から崩れ落ちかけて「大丈夫よ、私のことは心配しないで」と嫌味のない迫真の演技で姪を大いに喜ばせてくれる。少女の腕にも水はかかり、叔母の言葉と一緒に、冷ややかな感触がありありと残された。それから、少し離れた通路の隅にとどまり身を整えながら、鮮やかなトサカをもったその恐竜が愚直に毒液を吐き散ら

す勇姿を見ながら叔母が少女に話したのは、およそ次のようなことだ。彼らは毒を得てからそれを吐き出すようになったのか、それとも液体を吐き出していたところに毒を加えるようになったのか。少女は迷わず、決まってるでしょと前者を選ぶ。当然答えがあるものと思っていたのだが、叔母はそんなの知らないと笑い、赤い矢印のさす進路へと歩き出してしまう。残念ながら、ディロフォサウルスというその恐竜が毒液を吐いていたという説は後になって、かなり明確に否定された。暗がりの岩壁に立ち、毒液をひっきりなしに振りまいていたディロフォサウルス。それから悲しきヨーヌイチ。こうして彼らのやることなすことを目の当たりにする時、かえるの面に水というわけにはいかないのである。

こうした考えの内、どれほどのことがあの第一処置室で生まれたものか、どれほどの部分がその付け足しなのかはわからない。差し出口の鑿《のみ》を記憶の塊へ、恨むように祈るように打ちこむごとに、自分を映し出す鏡面はせばまりながらその数を増やしていくようだが、まるで完璧な球体になることを夢見ているように角を失っていくその様子を、目を凝らしてじっと見つめるべきではないのだろう。はっきり歪んでいく自分の姿を考えるまでもなく。何か筆舌に尽くしがたいものがある。少女が病院からき

ちんとお暇できたか、何とも言えず心配だ。スタインベックが放浪先で出会った役者稼業の男が目に浮かんでくる。曰く「演技術で最も大切で効果的なのは退場の仕方だと、ずいぶん前に学んだんです」と。少女は彼を知るまで、いつも去り際に無頓着でいたのだから、ほとほと信用ならない。ただしまた、こんなことも考えないわけではない。よしんば記述を避けがたい会話の終わりの記憶が掘り出されたとしよう。すると、このペンキ塗り立ての何段落かに現れた恐竜たちもまた御役御免ということになっていたはずである。その時、ためらいもなくこう思うのだ。本当に書かれるべきは恐竜たちのことだった、一体あの愛らしくも恐しい竜たちはどこへ去ってしまったのか？　とはいえ、白亜紀に演技術が存在する世界に目を向け続けるのはまっぴらごめんなのだ。演技術はいつも去られる側にあるのだから。

　夏休みが始まって間もなく、少女は大学病院に薬をもらいに行く。気まぐれに顕れるアレルギー性の鼻炎に過ぎなかったが、母親の心配性によって電車で十分ほどの大学病院まで通うことになってからもう長い。それが面倒な彼女はしばしば徒歩十分に

ある医院への鞍替《くらが》えを提案したが、母によれば、大病の際に大学病院がかかりつけになっているほど安心なことはないという。彼女の大著で「人間喜劇」とも呼ばれるべき家計簿のおかげで、この日が何月何日であるかを知るは易い。しかし、この日の出来事が取り立ててここに書かれるべきものなのかはわからない。

幸い、その日の格好を思い出すことはできる。病院に行くときはいつも同じ格好をしていたからだ。首回りのしまった薄いネイビーのTシャツ、ふくらみなく膝を隠すグレーのチュールスカート、そこに黒いトートバッグをさげた、ほとんど壊滅的に抑えのきいた出で立ち。少女はそこへ出入りする者たちと同じどこか理知的な落胆の表情を浮かべ、巨大なエントランスをくぐる。目的を持った迷いのない足取りで歩く人々が、そこかしこで多くの列をなしていた。タッチパネルの機械で受付を済ませて、吐き出されると同時に切り取られた受付票を面白くもなさそうに確認すると、耳鼻科のある三階まで往来のまばらな階段を上る。建物の中央部は、四階まで広大な吹き抜けになっている。患者達はそのぽっかり空いた崖に背を向ける形で整然と詰め込まれた三人掛けのベンチシートに自分の居場所を見つけ、窮屈そうに順番を待っていた。少女はその全体をざっと眺める。男女問わず何人かが彼女の方に目を向けて、長

いことそのままでいた。彼女はそれらを避けるように動き出し、数々の膝の間を通り抜けて一番後ろに腰を据えると、すぐに文庫本を取り出して開く。年季の入った布製のカバーがかけてあった。小さなぶち猫が背中を向けたまま遠ざかる絵が描いてある。しばらくして、一人の老婦人が科の受付に現れたとき、少女は本から目を外して一度確認した。小柄で、ややウェーブがかかったボリュームのある銀髪。薄いグレーのブラウス、ゆったりとした紫のカーディガン、足首が見える化学繊維のパンツ。藍染めの手提げと、反対側に紙袋。科の受付で老婦人は何やら話しこんでいた。『ちびまる子ちゃん』のおばあちゃんよろしく、細く高い声がフロアに響いた。

「私は先生がまちがってるから直してくれって言ってるだけじゃないの」と老婦人は穏やかな口調ながらわずかに声を高めた。待合室の多くの顔が上がりかけては曖昧に動いた。

「まちがってるじゃないの。それを直してって言ってるだけなのよ」

「うん、これはね」と看護師は努めて優しい声で言った。「受付時間が過ぎてしまったのね。十一時までに受付をしてもらうと午前の時間なんだけど、少し過ぎてるの。だから、午後の先生になっちゃったんですよ」

「じゃあ、早く直してもらわないと」我が身の哀れを訴えるような調子が加わり、静かな待合室に一層よく響いた。大勢の患者たちは巨大な大人しい生きものに変じ、天敵を前にして草を食《は》んでいるといった感じで息をひそめていた。

「でも、おくれてしまったのを入れることはできないんですよ。みなさんのお時間もあるのでね」

「おくれたって、十一時ちょうどにしたのにこんなのおかしいじゃないのよ」

「うん、うん。ここ見てくださいね」と看護師は老婦人の受付票を指さした。「ここね、十一時七分って、書いてあるんですよ。十一時七分で、七分過ぎちゃってるの。こうなると午後の診療になってしまうんですよ」

老婦人はそれを見る代わりに大きく首を振った。「私はきちんと十一時ちょうどにしたのに、おかしいじゃないのよ。時計を見て、これなら大丈夫ってきちんと確認したのよ。どうしてなの」

「ボタンを押して、操作してる間に過ぎちゃったんですね」

「私は十一時ちょうどに来て、ボタンを押して、きちんと操作してるの。どうしてこんな」か細く声を途切れさせると、老婦人は下を向いて手提げかばんをまさぐった。

「こんな風になってしまうのよ。まちがったのを直してって言ってるだけじゃないの」手提げからは特に何も出てこなかった。はじめは閉じられていなかった口のボタンがとめられ、老婦人は再び姿勢を正して看護師を見上げた。

「うん。だからね、まちがってないんですよね」相変わらずの諭すような口調の中に、わずかな歪みが混じり始めた。「ちょっとおくれてしまったんです。一分過ぎただけで午後の受付になってしまうんですよ。そうすると、かかりつけの先生は午前しか担当がないのでね、先生がかわっちゃったのね」

「そんなの知ってるの。だからきちんとやったんじゃないの。十一時ちょうどにしたの。あなたに言われないでもしたの。でも、まちがってるの。だから直してほしいの」

看護師は声を出さずに強いうなずきを相手に、またおそらくは自分にも示す。「でもね」

「そっちがまちがえてるんじゃないの」と老婦人は言った。「先生がちがうの。いつもは池添先生にお世話になってみてもらってるのに、まちがってるから、それを直してって言ってるだけじゃないの。私は池添先生でないといけないの。他の先生じゃ全

然ダメだったんですよ。池添先生だけ頼りにしていてね。だから午後だと――」

「おくれてしまってるんですよ」看護師は気を取り直したようで、最初の声音を取り戻した。二人とも喋り続けたが、少女に聞こえたのは看護師の声だけだった。「十一時までに、最後のボタンを押さないとダメなんですよね。それで、ちょっとおそくなっちゃったんですね。でも、そうならないように、みなさん早めに来て受け付けしてるんですよ。少し余裕を持っていらっしゃってるんですね」

「私はちゃんとやってるの」老婦人単独の何度目かの発言が寸分の狂いもなく甲高く響いた。「ここには二十年以上通ってお世話になってきていて、こんなこと一度もないじゃないの。先生の名前がまちがってるのなんて一度もないの。あなた、何年働いてるの」

「そういう問題ではなくて」と看護師は言った。少しあせりが見られる。彼女は顔を上げ、誰かさがすように周囲を見回してから再び向き直った。「要は、今日初めておくれてしまったんですね」

「あなた、何年働いてるの」特に責めるような意図は感じられない、まがうことなき質問だった。「二十年働いてるの？」

頑なに文庫本に目を向けていた少女の口が、下唇を突き出した形でごくわずか反射的に開いた。予感された舌打ちに対して、彼女はきつく唇を結んで対処したが、その後の様子では、口の中で唇に前歯を強く突き立てていることが予想できる。無論、読書は一ページも進んでいない。

「十歳から働いてたことになっちゃいますよ」と看護師はどういうわけか真面目に答える。「じゃあ、今から入れるかどうか調整してご案内しますから、ちょっと座って待っていてくださいね」

「おかしいじゃないの」

「うん、ごめんなさいね。待っててくださいね」

老婦人は返事もせずに待合席の方に振り向いた。患者たちは秘密裏に彼女の顔を確認した。彼女は席をさがすそぶりも遠慮もなく、一番近いところから長椅子と人の群れに入っていった。少女はその老婦人が自分の方に近付いてくるのを、顔の前に広げた本をわずかにずらし、目をすがめて見る。彼女の隣にしか空席はなかったのである。一度もこちらを見ていないにもかかわらず、老婦人は膝の曲がらぬ硬直的な足取りで、身を固くした人々の間を突っ切り、少女の前にやってきた。彼女は腰を拳一つ

分上げて奥にずれる。老婦人は少女の隣に浅く腰掛けると、首をすわらせ、肩をつぼめる手順を踏んで、動かなくなった。少女は本から視線をずらさぬようにしたまま、むき出しの膝下――内側に一点だけぶつけたようなあざがあった――の間にトートバッグを強く挟み込み、身を縮める。一度だけ咳払いすると、努めて本に没頭しようとする。より正確に言えば、その素振りを続けることに執心する。その後、何人か自分の番号が出た者は誰もが、安堵のまじった表情で席を立ち、いそいそと診療室前の待合へと向かった。そのうち、階段を上がって事務職員らしい実に豊満な女性がやって来た。素早く寄ってきた看護師に耳打ちされて老婦人の方を確認し、向き直るとまた何事か話し合った。そのやりとりを一瞥すると、彼女の通路に関わる患者たちは早くも座り直し、足を寄せて準備した。気づいていないのは老婦人だけだった。

事務職員は経験に裏打ちされた横揺れのしない歩行をものにしているらしく、巨軀に似合わずスムーズに人の間を抜け、老婦人のところまでやって来た。「蟹江さんですねえ。どうしましたか？」と言いながら狭いスペースに、左足をしっかりと下げてしゃがみこんだ。多くの空気がどかされ、周辺の温度が一度ほど上がるような感じがした。

老婦人はそこで初めて彼女の存在に気づいた。目をぴくぴく動かして、相手を見た。「直してほしいんですよ」例の声だが、存外に丁寧な物言いだった。「またおかしくなったから」

少女は鼻から息をゆっくりと吸った。その間、いくらか繰って戻したページ上に視線を走らせる。

「ええ、今、やっていますからね」

「どうしてこんなことになってしまうの。私はちゃんとやってるじゃないの」

「そうですね。なんでこんなことになったんでしょうね」事務職員は手持ちの書類に目を通しながら言った。

老婦人の方はもう下を向いていた。「もう二十年も通ってきちんとお世話になっているのに、どうしてなの。悲しくてたまらないわ」

少女はそこで、一度ぐらいはその権利があると見越したように、少し大胆に顔を上げて太った事務職員を見た。そこで何かに気づき、「あ」と彼女は声を出した。同時に彼女の方を向いた事務職員に聞こえるぎりぎりの声で「血」と少女は呆けたようにつぶやいた。力のゆるんだ細い人差し指が事務員の腕に向いている。

事務職員の丸々した白い腕の外側に、くっきりと血の筋が走っていた。それは、下っていった先のほとんど皺の見られない肘から今にも垂れ落ちるところだった。あわてて肘を曲げて顔に寄せた反動で、血が数滴に分かれて前方に飛んでいった。その先に老婦人の手提げかばんがへたったまま置かれており、そこに血が付着した。

「ああ、ちょっと」と老婦人はほとんど変わらぬ調子で言った。しかし次の言葉は、その声量にかかわらず金切り声と呼んでいいものだった。「汚い血がついたじゃないの！」

少女も周囲の人たちもこれには驚いたようだった。一斉にこの渦中に視線を注いだ。

「ごめんなさい！」と事務職員は大きな声で言い、腕の中ほどを手ですくいとるようにぬぐいつつ、大きな体を丸めこむように動かした。

少女は為す術無くかばんを見たままだ。平たくなった血の玉は、時間をかけて確実に布地へと染みこんでいった。ただし、そうなってしまえば藍色の生地にはそれほど目立たなかった。

「あらあら」と事務職員は経験の豊かさを示すように事もなく言う。しかし、少なく

とも登場シーンにあった神々しさと余裕は失われていた。血の流れにあてがっている手を動かし、今度はやや上の方までぬぐった。彼女の傷は手首にあった。何で切ったのか、人より厚い脂肪の層を通すほど深いもので、鋭く走っている線の中央に、また次の血液が玉になって盛り上がり、みなぎったそばから下に流れた。

「すごく大事なものなの。孫と一緒に作ったかばんなのよ。汚れちゃったじゃないの。汚い血がついて、汚れちゃったじゃないの」老婦人は座ったまま、それでもやはりゆっくりと言った。

今や少女は得体の知れない義憤にかられつつ、腰をかがめて自分の黒いトートバッグをさぐる。その時、また事務職員の内容物の多そうな血液が、ちょうど彼女の眼前の床に垂れた。

「ほら、またよ」と老婦人は嘆き節で言った。

少女は口を真一文字に結びつつ、ハンドタオルを手に起き上がる。しばし頭を膝まで下げた効果か、顔にはわずかながら赤みが差している。「あの、これ」と彼女は遠慮がちにハンドタオルを差し出した。

事務職員は少女の顔をまじまじ見つめた。「大丈夫よ、ありがとう」と笑顔を見せ

られたが、彼女の腕は血だらけである。「自分のがあるから、ポケットから取ってくれない？」そう言って、事務職員はゾウかサイのようにゆっくり立ち上がり、腰をひねらせて横向きになった。

少女はハンドタオルを椅子に置き、なんでも――本当になんでも――言う通りにしようと腰を浮かせ、その巨大な尻と正対する。ナイロンの薄っぺらな白いパンツは濡れ衣のようにぴったり貼りついていた。ポケットの口もほとんど真っ直ぐな弧を描いて堅く閉じていたが、その端から、クリーム色した薄いシルクのハンカチの一端がわずかに顔を出している。その下には完全な正方形が浮き上がっていた。ハンカチを入れてからパンツをはくしかないと思えるような、不可思議な光景だった。少女はそこに手をのばし、恐る恐るハンカチの先端をつまんで、遠慮がちに引っ張ってみる。びくともしない。

「取れる？」と事務職員が腰を引いた。が、そんなことで動じるシルクのハンカチではない。

「すみません」少女はかなりの力をこめたが上手くいかなかった。「もうちょっと」

「早くふかないといけないのよ」老婦人はその様子を見ながら、ますます弱気になっ

て言った。「あなたの血がついてしまったから。孫と作った大切なかばんなのよ」

その時、二つ隣にいたらしい男が、勢いよく腰を上げた。「どけ」と荒らげた声を出し、感情の高ぶった呼吸をもらしながら、出っ尻に手を伸ばした。少女は驚いて場所を空ける、つまり再び腰かける。男は、事務職員の尻に触れるのも構わず、毛の生えた太い親指でしっかりとつまみ、そのままハンカチを力任せに引っ張り上げようとしたが、それでもやはりダメだった。事務職員は尻を突き出す形になり、ハンカチをつかんでいられなくなった男の指がパチンと鳴らすような形ではね上がった。

「あ」と事務職員は丸みを帯びた肩の奥でうめき、首だけこちらに振り向かせたが、自分で見たいところは見られず、すぐに前を向いた。「ダメですか?」

「もう取れないわよ」と老婦人は急にあきらめの調子で言った。「もう、どんなに洗ってもダメね。血だもの。取れないの」

老婦人の高い声に興奮を増していった男は大胆な手段に出た。ポケットの中、ハンカチと体の間に人差し指を這わせるように第二関節まで、ずぼりと音が立つほどに突っこんだのである。事務職員はそれを助けようとまた腰をひっこめた。男はハンカチの端に親指を食い込ませ、爪の先がはっきり白くなるほど強くつまむと、一度、力を

込めて引っ張った。引き延ばされたハンカチがずるりと音を立てて首を出した。そして男はもう一度指をつっこみ、今度は握るようにした。ポケットの縫製はかなり限界を迎えていた。男が力をこめるたび、ハンカチが何やら水色の刺繍を示しながら、少しずつ上がってきた。半分が出きったという難所で、より一層の成果を得るため、いったん作業が小休止された。周囲の人間は息をのんだ。

老婦人は、ハンカチの出てくる巨大な尻を目前にして「どうしてこんなことになるの？」と、はっきりとした疑問を呈する口調で言った。

それを聞くか聞かないかのうちに、男はハンカチの一端を持って一気に引き出した。ハンカチは一本の線になったあと、だらしなく広がって男の指にぶら下がった。拍手代わりのため息がいくつかつかれる中、男はハンカチを少女に手渡した。そして、機嫌の悪さを誇示するようにどかりと元居た場所に戻ると、おそらく元々そうしていたように腕を組んで、目を閉じた。少女はハンカチに目を落とす。折り目は正しくついていたが、この騒動の前から狭苦しい場所でくたびれていたという兆候が見られた。そして何より、はっきりとぬくもっていた。彼女は無意識にそれを二度たたむ。一瞬迷ったが、事務職員がこちらに向き直っていることに気づき、自分でぬぐっ

てやるのも忘れ、無言で差し出す。

「ありがとう」事務職員はにっこり笑って言うと、傷から離した血だらけの手でハンカチを受け取った。同時に新たな血が流れ落ち、彼女の体と服を汚した。

少女は「いえ」と言おうとして、実際に言ったが、そのような悪条件が重なった中で、彼女の声が通るはずもなかった。

事務職員が端を持ってぶら下げたハンカチが、先ほどと同じ形にゆっくり広がった。少女は恥と後悔と申し訳なさに身悶えしながらそれを見つめる。ハンカチはすぐに傷に押し当てられた。そして、血をすくい取るように何度か上下に動かされた。事務職員はあっという間に赤く染まったハンカチを裏返しにたたむと、今度は傷に押し当てた。少女は気づけば汗でびっしょりになっていた。冷え性の彼女からすれば、かなり珍しいことである。髪の毛の下をくぐり抜けてきた汗が首筋を流れるのがわかった。彼女はそれをハンドタオルで拭かずにはいられなかった。しかしすぐに——まだ拭き終わらぬうちに——トートバッグに放りこんだ。彼女は今にもがたがた震え出しそうだった。

そのうちに初めの看護師が小走りでやってきた。タオルを渡された事務職員は平身

低頭に謝り、傷口を押さえながら下がっていったが、帰りしなに看護師へ耳打ちした。看護師はしきりにうなずき、手元のウェットティッシュを引き出しながら老婦人に歩み寄ると、その場にさっとしゃがみこんだ。前任者と比べると、空間にもずいぶん余裕があった。

「ここですかね？」看護師が見上げて訊くが返事はない。それでも老婦人のかばんを盛んに叩き始めた。

「もう無駄よ、もう無駄よ」と老婦人は繰り返した。「汚れてしまって、もう無駄。もういいの」

「本当に申し訳ないです。失礼致しました」

「いいの。もういいの」許すというよりも自分に言い聞かすような、思いやりを欠く声だ。「くたびれて死んでしまいそうよ」と老婦人は言った。

看護師はそれからしばらく盛んにかばんを叩いていたが、突然、すっくと立ち上がった。手に持ったウェットティッシュには、わずかに血のにじんだピンク色と色落ちした藍色が混ざり、彼女がそれをしっかり握りこむのを少女は見る。

「子供に電話しないと」老婦人はもう目を閉じかけていた。「子供に電話しないと」

ともう一度相変わらず高い声で言うと黙った。

一連の出来事に、そこにいる誰もが、完全に苛立つか憔悴するかしきっていた。少ししてまた別の看護師が老婦人のもとに来て午前の診療に間に合ったことを告げ、新たな番号の書かれた紙と手持ちのものを交換して行った。老婦人はもはや一言も無い。診察が進み、だんだんと人が減っていき、残された者ほどみじめになっていくような気がする中で、少女も呼ばれる。やはり老婦人からは一言もない。と言うのも、一番最後に呼ばれるはずの彼女は穏やかに眠っていたのだ。少女は簡単な問診を終えると、昼休みを控えてもうほとんど人のいない待合の方を見ずに階段を下りる。会計を済ませ、併設された受け渡し場所で薬をもらわなければならない。五十分待ちの表示と座る所もないほど混んだロビーを見渡し、なんとなくじれったい気分で少女は外へ出て行く。正午を迎えて南中した太陽のせいで日陰がほとんどなくなった病院の周りを歩くと、昼休みのサラリーマンが往来していた。少し歩いたゆるい坂の途中には一軒のペットショップがある。ビルの一階にガラスのドアが面し、そこから一番奥が見渡せるほど小さい店だが、ここには病院に通い始めた頃に一度だけ、母親と一緒に入ったことがある。少女はしばらく店内——片側に小さなケージが縦三列に並んで奥

まで続いていて、反対側はもっと奥行きのない棚にペレットや牧草が並んでいる――を遠慮がちに眺めていたが、後ろを振り返って車通りのある方に目を向けた後、中に入って行くと店内には誰もいない。心地よく涼しい空間に、小動物のたてる小さな物音がそこかしこから響いていた。忙しく動いているハムスターやデグー、白い玉となってハンモックの内で眠りこけているチンチラ、姿の見えないフクロモモンガといった面々に挨拶をすますと、「女の子二千円」という癖のある字の札が目にとまり、ケージの前にしゃがみこむ。白にグレーのぶち模様、左目の周りと背中にグレーのゆがんだ楕円をもつ彼女は、牧草が敷き詰められたケージの隅、香箱のように座ってうとうとしているところだった。のぞきこまれたことに納得がいかないようで、こちらに向けている――傷の横断した――左まぶたを開きかけたが、それが思うように見開けないことにうんざりしたように、また閉じていった。一方の人間は広げた足も気にせず、腕を組んで興味津々その様子をながめていた。長く見つめているうちに、神々しいものでも見るかのように息をひそめる雰囲気が現れだした。どうも掃除がされたばかりらしく、ケージの中は清潔で、ふんは一つしかなかった。ぽってりと水気をふくんだそれに、彼女は目を見張る。その時、奥の方で飼料の詰まった袋を動かすような

物音がした。少女は反射的に立ち上がる。ウサギをなお見下ろしている。相変わらず眠たそうな目で鼻をうごめかすばかりの動物に彼女の口は一度開きかけたが、そのままそそくさと店を出る。病院へ戻ると、表示されている番号はまだ若かった。少女はソファに座って待つことにしたが、そのうちトートバッグを抱きすくめるような形でちぢこまってくる。しばらくして落ちた眠りの長さについて、目を覚ましてすぐの彼女にはわからない。喉がからからに渇いていることだけを了解しながら電光板を確認すると、彼女の番号は最初にあった。大きく離れた番号の数々の隣にぽつんと取り残されているのだ。時計を見ると午後四時をまわっている。人はまだ眠りに落ちた時と同じほどいたが、その面々が全て入れ替わっているにちがいなかった。少女は眠ったせいでかえって疲れがこびりついてしまったかのように、そのまましばらく背中を丸めて座っている。髪を整えて立ち上がり、やっと薬を受け取った彼女が病院を出て向かった先はペットショップである。その道すがら、彼女は思い詰めた表情でトートバッグから財布を取り出し、中身を確認する。店の前をいったん通り過ぎ、意を決したように戻ってきて角を曲がるように店に入ると、また涼しい空気がどっと流れ出てきた。今度は店主とおぼしき短髪の男が後ろ手を組んで、店の一番奥の壁際に立ってい

た。少女はちょっと身を固くしながらも、気持ち頭を下げるような格好の抜き足で中へ。店主の三メートルほど手前、トートバッグを体に引き寄せた居心地悪そうな格好で立ち止まると、先ほどのウサギのケージがあったところに目を向ける。ケージは忽然と消えていて、その場所に牧草が三本散らかっていた。

少女は思わず店の奥を見る。男と目が合うと慌てて「ここのウサギ」と言った。「目に傷のある」

店主は何も答えないのではないかと判断を下しそうになる直前まで黙って、口を開く。「ちょうど、さっきですよね」それから手を解いて、今度は前で重ねた。「狙ってました？」

「いえ」ぎょっとして言うと、少女は目の前で鼻を出して一心にひくつかせている耳の垂れたウサギに指の何本かを貸してやった。「いや、決めてはきたんですけど」そこで一度言葉を切って言った。「むしろ良かったです。私に飼う資格なんてないですから」

「そっちの子もかわいいですよ。ちょっとお高いですが」店主は言葉を受けずに、彼女がかまっているウサギに目を向けた。

「ほんと。かわいい」と彼女は目を細めて言った。人なつこく、格子の間から前足をかくように出してきたウサギにちょっとたじろぐ。「でもいいんです」と彼女は言って、腰をかがめて牧草を一本つまみ上げた。「どこかで暮らしてるなら」

「そうですね、どこかで」と店主は言い、それから何かに気づいたように付け加える。「言うわけにいかないんで」

少女は相手が何を案じたか理解したが、どうにも答えかねて、動物たちを、正確には動物たちの入ったケージをながめまわす。「うちのお父さん、ペットだめなんです」と彼女は言った。明るい表情である。

「そうなんですか。残念ですね」

少女はうなずき、牧草の一本を店主に示して指先をねじり、くるくると回す。「これ、もらっていってもいいですか？」

店主は一歩近付いてのぞきこむようにして目をすがめ、確認すると元の位置に戻った。「あと二本落ちてません？」と彼は指さすような素振りをした。

「あ、あります」と少女は今気づいたように言った。

「よかったら。掃除の手間が省けるのでね」と店主は冗談の印である笑みをやっと浮

かべた。

彼女は笑顔を返した。「ありがとうございます」と礼を言って、折れ曲がった牧草をまとめてつまみ上げた。

少女はそれを持って店を出た。財布を開き、小銭入れに三本の牧草を差し入れる。今も、そのうちの一本を後生大事に御守りの中にしのばせているのだ。足取りは重くはない。三ヵ月分の錠剤の入った袋がガサガサ鳴るほどには元気を取り戻していたようだが、電車に乗ると、物思いに耽った顔をつり革にすがった両腕の真ん中へぶら下げる。最寄り駅から歩く道も、居心地の良さと感傷は入り交じり、人知れず浜辺を歩く時の調子で彼女は歩く。細い路地で秋田犬らしきが散歩に出ようというところに出くわし、彼女は玄関の敷居をまたぐ。

「洋一郎は？」リビングに入るなり彼女は言った。

「自習するから遅くなるって」母親はすでに夕食の準備にとりかかっていた。ちょっとした蒸気が色をまとってただよい、部屋の湿度を高めている。

「ぜったいウソ」

「全員ウソつきよ」と母親はまな板を洗いながら言った。「あんたもずいぶん遅かっ

たじゃない。お釣りと領収書、出しといてよ」

「はいはい」彼女はトートバッグをダイニングテーブルの上に置いて言うと、キッチンにいる母親と向かい合う席へと腰掛ける。それから組んだ腕を頭の後ろに回し、片腕を外して宙に放り出す得意の伸びをする。そのまま背もたれ越しに腕を伸ばした先には、雑多な棚に置いてある詰まりすぎて頭だけで刺さっているペン立てがあった。そこから無雑作に、そのバランスに一切影響を与えることなくボールペンを抜き出す芸当を彼女はやる。薬指と小指にペンを挟み、同じ手で辞書ほどに分厚い五センチ四方のメモ帳から一枚ひっぺがし、元の体勢に戻ってくると、彼女は言った。「ねえ、わかんないんだけど、私が救われたって話、聞きたい？」

「あんたが救われることなんてあるの？」と母親は真新しい顆粒コンソメの瓶を軽く振って笑った。

「成り行きに応じてね」と彼女はペンを構えてくるりと回転させるように持ち替えた。

「夏休みだからじゃないの？」

「それもあるかも」と娘も笑う。「多分そうだ」

「それで、どうせ、救い主は動物やなんかでしょ」と母親は娘を見て言った。ふっと娘の鼻孔から笑いに似た息が漏れたのを聞き逃さず、母親は得意そうに続ける。「だいたいわかるわよ、あんたのことなんか。ボルゾイ犬の次は何よ？」

「何よ、それ」彼女は驚いて言った。

母の方でも驚いていた。「お習字やめた時よ。ツバメの巣がさ」そこで母は笑い立てた。「あんなとこ見るなんてね。あれのせいで、洋一郎に習字を習わせるのはやめようって思ったの。あんた、あの後のこと、覚えてないの？　あんたが死にそうな状態からどう立ち直ったか？」

「どう立ち直ったかなんて、覚えてるはずないじゃない」

「そうなの」と母親は実に楽しそうに言った。「あれから何日経っても、あんたの機嫌は長いことそのまんまでさ。あの頃せっかくよく食べてたのに、絶食状態よ。そのくせ普段通りに過ごそうとするもんだから、ちょっと痛々しいぐらい。四年生の女の子よ？」

「将来有望そうね」

「その後、みんなで出かけたのよ。どこに行ったか忘れたけど、あんたは駅でジュー

スのペットボトル持って、抜け殻みたいだったってそれはよく覚えてる。帰りにスーパー寄ろうとしたら、ボルゾイ犬が飛び出してきたの」

「その時にボルゾイ犬なんてよく知ってたね」

「調べたのよ」と母親は誇らしげに言った。「でも、だからその時は、得体の知れない馬の化け物みたいに見えたの。血の気が引いたわ。すごい息づかいでさ。そしたらその子、私たちには見向きもしないですぐ横を駆けてった。重たそうなリード引きずって、大通りをまっすぐ。お父さん固まってね。寝てる洋一郎は放さなかったけど」

「私は?」と娘は声を弾ませた。「どうだった?」

「見てない。でも、その夜、あんたミートソースを食べたのよ」

娘は一瞬むっとしたが、長らく弱火にかけ続けたような頼もしい笑みが浮かぶまでそう時間はかからなかった。「そう」とだけ彼女は言った。

母親の口から笑いが漏れ出たが、彼女は職人的な芸当ですぐにおさめた。「だからさ、いったい何度そういう悩みを繰り返すわけ? 高校生にもなって、何も変わらないじゃない。そんなんじゃ一生救われないわよ。出来の悪いボルゾイ犬が、時々目の前をぱーっと駆け抜けなきゃ、あんたはやってけないの。死ぬまでそうよ。ボルゾイ

犬を待つだけの人生よ」

驚くほど簡単に笑いこんだ母親に呆れ、娘は一瞬、手元のメモに視線を落とした。

「ねえ、顆粒のコンソメって普通に使えばいいのよね」母親はいつの間にかコンソメの瓶を何度も持ち替えいぶかしげに回し見ていた。

「さあ」と言ったきり、娘は黙って絵を描き始める。紙面にまっすぐに寝かせたウサギの耳が二つ並んで現れた。「書いてあるでしょ。普通にってなによ」

「何もかも、どんどん変わっちゃって、わからないわ」

「変わったって、昔からあるじゃん、そんなの。自分が買い替えたせいじゃない。文句言うならいつものキューブの買えばいいのに」

「はやく話してよ」と母親はラベルを回して読みながら言った。

「ちょっと待って。やっぱやめた」と彼女は言ってペンを置いた。それから慎重に紙を折り畳んだ。

「なんでよ」

「なんでも。ていうか、そっちばっかりずるいもん。あと、自信なくなっちゃった」

と娘は笑って立ち上がった。

「ずるい？　自信？」と母親は目をこちらに向けた。

娘はひとまず答えないで、七年前に彼女自身が段ボールに千代紙を寄せ貼りして自作したろくでもないゴミ箱——補修は専ら千代紙のつぎあてによっていたので、七年前より重厚になっている——に近付く。折り畳んだ紙をちょっとばかし振りかぶってはみたが、投げずにポケットに押し込み、今度はソファへ歩みを進める。そこでようやく「なんでもない。ちょっと寝る」と返事した。彼女は床にあったクッションを拾ってソファに転がりこみ、肘掛けに足首を置いて目を閉じる。

「寝起きじゃ、また食べられなくなるよ」

仰向けに身を横たえている娘の口元、笑い出すのをこらえるような歪みはソファの背もたれに隠されていた。彼女が満足な眠りにつくまで、そこは最も静かな場所だった。

さて、ここからは、三日前に行われた実地調査の様子の報告といこう。それによると、少女がこの眠りに就いた日は、二〇一四年の七月二十二日であった。家計簿の該当ページには、レシートとともに一本の牧草がセロハンテープで貼りつけられている。そのいきさつについては何も知らない。残りの一本の行方も知らない。これに関

して説明は困難を極めるがやってみよう。最近、近未来的に整然としたペデストリアンデッキの狭い通路において、母親に手を引かれた幼い子がオレンジジュースをぶちまけてしまう場面を遠くから見かけることになった。元々そちらに向かっていたおかげで、かなりじっくり子細にわたってその様を観察することが許された。そこでは、立ち尽くす我が子の横へしゃがみこんだ母親が、通路いっぱいに広がったオレンジジュースの海に混じっている氷を拾っては紙コップに入れていた。記述はこれに止《とど》めておくが、とにかくそこで起こったものとは似ても似つかない気分が、牧草に対面したかつての少女にわき上がったのである。いやに透明度を保っているセロハンテープを見つめる。この空々しい牧草は、たった今、唐突に、未来に向けてあくどく根回しされたものに思えてたまらない。たかだか数年の時すら実は経っておらず、ほんの少し前の快い眠りから目を覚まして、さっき隠したばかりの牧草を見ているのではないか。実際、ここまで書いてきて、もう、うんざりなのである。ここに限らず至る所に貼りつけられているものを、叔母によって抜き取られたまつ毛のように振る舞わせる、全てのことに。

はりついた柔肌が溶け出しそうになるほど心地よくこの身を抱いてくれるような気

がしていた発色の悪いソファも、今ではただ平凡な一個の家具に戻って置かれ、乾いた皮膚に接触して熱を奪っていくといった様子である。腰掛けてみたところで寝転がってみようという気も起こらない。時間が夢のように過ぎた。途方もない無駄をした。そういう感覚をはっきりと持った。

丸テーブルの上に置かれた分厚いキャンパスノートの表紙——母が短大時代に余らせたそれが我が家の家計簿だ——をふたするように閉じ、もしかしたらこちらを見ているのではないかと少し身構えながら、私は母の方を振り向いた。いつの間にやら、母のそばには縛り上げられた『éclat』だの『STORY』だのが積み重なっていて、本人は紐の切れ端とハサミを手になかば立ちあがろうとするところである。小股を操る母は、紐の切れ端を、今やはがれかけた千代紙を破り取ることで美観を取り戻していくゴミ箱へ落とした。母は孫を欲しがっている。それでも、残された藁にすがろうという気はないらしい。すがるならば、世代に応じて用意された婦人雑誌以上のものはないのだ。

何か話そうと思ったが、言うべきことが見つからなくて、「ゆき江ちゃんのこと、恨んでる?」と言ってみた。母はハサミをペン立てに差しこんでこちらに目を向けた

が、その目にはさほどの興味はなく、発言の意図をさぐるようにだんまりを決めこんでいる。「私がこうなったの、ゆき江ちゃんのせいだと思わない？」

　母は胸のうちを吐き出すように、大きく声に出してまで息をついた。それからさり気なくキッチンの方を見やり、小ぶりの寸胴に茹であがって肩まで浸かったままになっているとうもろこしの存在とその無事を確認した。「こうなった？」と母は切り出した。そしてこちらに視線を戻した。「どういうことかわかんないけど、あの人が責任かぶるほど弱いと思ってるの？　あんなに仲がよくてそんなこともわからないんなら、なおさらあの人のせいなんかじゃないってことよ。あんたが泣き寝入りして、それでおしまい。あんたの負け」

　少女の勝ち負けはいつも母が決めてしまう。待ち受ける審判はそれ以外にありえないような気もするが、それをなぜ母だけが言えるのか、どうしてよりによって母が言ってしまうのかはわからない。ゆき江ちゃんはついに母ではなかった。そして叔母というものでもない。

　母はいつの間にかキッチンに立っていた。のろついた手つきと口の動きによって、とうもろこしが食され始める。好物をくわえこんでもう何も喋らないつもりらしい。

以上をもって調査も打ち切りである。

早い所、病室での一件を書いてしまおう。それは実際、他愛もないことであるし、無理もなく感傷的である。そのとき叔母は微笑して、この少女が母に似ていくということを伝えてきた。ゆき江ちゃんは少女の知るたった一人の他人であり、希望である。少女は、彼女の中に整然と弾ごめされているにちがいない、少女の希望を今なお愛している。その希望にまつわる秘密が、いつか、身の上話という形で現れることを期待していた。しかし、叔母は自分について物語ることを拒み続けた。自分という人間の要因を個人的と呼ばれるものに求めず、その限りにおいて、遠回しにやかましく語った。その限りにおいて、きっと教えた。その教えを私は充分に受けたと言えるだろうか？　ここでは、誰しも——子供が頑なに着替えを拒むような調子で——一つの役割しか演じたくないという風に立ち回ることしか許されていないように思えてしょうがないのだ。ある種の人々は幸か不幸かそれを演じきり、ものの見事に立ち去ってみせるのだが、たいていの場合は、まごまごしているうちに着替えを終え、鎖骨が露わになるとかボタンをかけ違えるとかしながら茫然と立ち尽くしている。無数の手が、とりわけその中でもよく見知った手がそれを手伝った気がするのに、誰もそれを

したとは言ってくれない。いくつもの無責任な手。人はその手つきを、彼らが無責任であるおかげで、知らず知らず繰り返すことができる。これを愛の仕業に書きかえて、感謝できる人は幸いである。

第58回 群像新人文学賞 選評より――

高橋源一郎氏

受賞作となった、乗代雄介さんの「十七八より」。作者は、候補作中、もっとも、緊密なことばの空間を作り上げた。「十七八」の少女、という、もっとも繊細な時間を描くにあたって、作者は、一つの仕掛けをした。それは、見つかるべきなにかが、その、目の前の文章と共に、どんどん後退してゆく（あるいは「逃げてゆく」）とでもいう感覚だ。学校での謎めいた発言、叔母との、長い、文学をめぐる会話、国語教師との秘密めかした関係。どれもが、完全には語られない、ことばの運動によって、読者は、この小説の最後まで連れてゆかれる。この作品を除く他の候補作は、わかりやす過ぎたのかもしれない。文学は、あるいは、小説という試みは、ついに摑むことのできない秘密を追い求めることばの運動であることを、この作品は教えてくれるのである。

多和田葉子氏

言語を豊かに繰り出せるという点で「十七八より」が他の候補作より優れているように思った。これまで小説に描かれたこともないような細部や隙間に筆先で入り込んでいく。そのような地道な努力の成果かごく日常的なシーンがそれ自体からはみだして不気味な質感をもって読み手の前に立ち現れてくる。少女イコール恥じらう処女と決めつけてかかる男性教師のねちねちとしたいやがらせに対する「少女」のユニークな反撃なども痛快だった。ところで、言葉は読むのに時間がかかる。映画ならば描かれている出来事と同じテンポで受け手も動いているという幻想を抱けるが、こういう小説の場合は、読んでいると時間が引き延ばされていくようで忍耐力が要求される。それがいらだちや快感を呼び、小説にしかできないやり方で現実と格闘しているという実感を持たせてくれた。老婦人患者の抗議がいつまでも収まらない病院場面には、神経に素手で触れられるような迫力がある。ここまで書けるなら是非これから先も書き続けてほしい。

辻原 登氏

「十七八より」のすべては、語りの文体の魅力に尽きるようだ。語り手は、自分は「あの少女」のなれの果てであるとしばしば読者に耳打ちしながら、タイトル通り十七、八歳の「あの少女」の凝縮された一ヵ月を語るのだが、この小説らしき書き物を私は要約することができないし、するつもりもない。

「少女」に関わる人々は、その両親と弟、いわくありげに、もったいつけて登場し、「少女」の、まつ毛を抜いてやる叔母、目をつむって精緻な女性性器を黒板に描けることを自慢する体育教師、読書会を主宰して、「少女」に世阿弥を読ませる（こっそり小説を書いている）国語教師、読書会に参加する男子生徒。——といったふうに通常、小説の登場人物を挙げて、彼らの行状と主人公との関係を紹介していくうちに、自ずと小説の筋もエッセンスもおおよそつかまえられるものだが、作者はそういう常套手段を取られることを嫌がってか、語り手＝書き手の現在を韜晦《とうかい》し、曖昧にすることでたえず把捉を逃れようとする。真剣に語るべき対象をなくした世代特有のペダントリーがひときわ目立つ。

この作品が一筋縄でいかないのは、語り手＝書き手を作者と切り離して仮構していること、さらに作者の目的が言語遊戯にあると思われることによる。叔母と「少女」のシニカルな対話も、五十代の国語教師との世阿弥論も、匂わされる彼との性的関係も、「少女」の読書ノートも、言語《フィクション》からはまじめに受け取るべきものは何もない、世界は表層のゆらぎに過ぎない、解くべき真の謎など存在しない、という埒《らち》もないメッセージだ。

中心に置かれるのは「叔母の死」だ。叔母が癌になり、臨終の床で、他の親族を全員廊下に出して、「少女」一人に残した「遺言」とは何だったのか。しかし、語り手はこう書く。「叔母の遺言について、ここへ書くには及ぶまい」。

遺言＝真の謎は解くには及ぶまい。こう決めた語り手にできることは、ひたすら読者に自らの半可通を開陳することである。半可通はペダントリーとシニックを愛す。それを「少女」の言説として提示したところにこの小説の愛すべき功績がある。作者のニヤリ笑い、いや苦笑いが想像できる。

この中身のない小説を受賞作として強く推したのは、時折、何を言っているのか分からないセンテンスやパラグラフから上がる軋《きし》り音の中に、ある種の捨ておけない才気が感じられたからである。

だからこそこうして、まだ常に口元を汚していた時分の弟が父のスーツの上着の中に入って玄関まで歩いて行った後ろ姿、あれをくり返しまぶたの裏側に浮かべつつ、ぶかぶかの文体で出かけてみたというわけである。

ぶかぶかの文体の可能性に賭けてみよう。

本書は二〇一五年八月、小社より単行本として刊行されました。

|著者| 乗代雄介　1986年、北海道江別市生まれ。法政大学社会学部メディア社会学科卒業。2015年『十七八より』（本書）で第58回群像新人文学賞を受賞し、デビュー。2018年『本物の読書家』で第40回野間文芸新人賞受賞。2021年『旅する練習』で第34回三島由紀夫賞受賞。その他の著書に『最高の任務』『ミック・エイヴォリーのアンダーパンツ』がある。

十七八《じゅうしちはち》より
乗代雄介《のりしろゆうすけ》

2022年1月14日第1刷発行

発行者——鈴木章一
発行所——株式会社　講談社
東京都文京区音羽2-12-21　〒112-8001
電話　出版（03）5395-3510
　　　販売（03）5395-5817
　　　業務（03）5395-3615
Printed in Japan

講談社文庫
定価はカバーに
表示してあります

KODANSHA

デザイン—菊地信義
本文データ制作—講談社デジタル製作
印刷———豊国印刷株式会社
製本———株式会社国宝社

ISBN978-4-06-526403-4

講談社文庫刊行の辞

二十一世紀の到来を目睫に望みながら、われわれはいま、人類史上かつて例を見ない巨大な転換期をむかえようとしている。

世界も、日本も、激動の予兆に対する期待とおののきを内に蔵して、未知の時代に歩み入ろうとしている。このときにあたり、創業の人野間清治の「ナショナル・エデュケイター」への志を現代に甦らせようと意図して、われわれはここに古今の文芸作品はいうまでもなく、ひろく人文・社会・自然の諸科学から東西の名著を網羅する、新しい綜合文庫の発刊を決意した。

激動の転換期はまた断絶の時代である。われわれは戦後二十五年間の出版文化のありかたへの深い反省をこめて、この断絶の時代にあえて人間的な持続を求めようとする。いたずらに浮薄な商業主義のあだ花を追い求めることなく、長期にわたって良書に生命をあたえようとつとめるところにしか、今後の出版文化の真の繁栄はあり得ないと信じるからである。

同時にわれわれはこの綜合文庫の刊行を通じて、人文・社会・自然の諸科学が、結局人間の学にほかならないことを立証しようと願っている。かつて知識とは、「汝自身を知る」ことにつきていた。現代社会の瑣末な情報の氾濫のなかから、力強い知識の源泉を掘り起し、技術文明のただなかに、生きた人間の姿を復活させること。それこそわれわれの切なる希求である。

われわれは権威に盲従せず、俗流に媚びることなく、渾然一体となって日本の「草の根」をかたちづくる若く新しい世代の人々に、心をこめてこの新しい綜合文庫をおくり届けたい。それは知識の泉であるとともに感受性のふるさとであり、もっとも有機的に組織され、社会に開かれた万人のための大学をめざしている。大方の支援と協力を衷心より切望してやまない。

一九七一年七月

野間省一

講談社文庫 最新刊

逸木 裕
電気じかけのクジラは歌う
横溝正史ミステリ大賞受賞作家によるＡＩが変える未来を克明に予測したＳＦミステリ！

木《この》原《はら》音《なり》瀬《せ》
コゴロシムラ
かつて産婆が赤子を何人も殺した村で、恐怖の夜が始まった。新境地ホラーミステリー。

武内 涼
謀聖 尼子経久伝〈青雲の章〉
浪々の身から、ついには十一ヵ国の太守になった男。出雲《いずも》の英雄の若き日々を描く。

乗《のり》代《しろ》雄《ゆう》介《すけ》
十《じゅう》七《しち》八《はち》より
これはある少女の平穏と不穏と日常と秘密。第58回群像新人文学賞受賞作待望の文庫化。

赤神 諒
空《うつせ》貝《がい》〈村上水軍の神姫《しんき》〉
伝説的女武将・鶴姫が水軍を率いて大内軍を迎え撃つ。数奇な運命を描く長編歴史小説！

高野史緒
大天使はミモザの香り
時価２億のヴァイオリンが消えた。江戸川乱歩賞作家が贈るオーケストラ・ミステリー！

講談社タイガ
内藤 了
桜《さくら》底《そこ》〈警視庁異能処理班ミカヅチ〉
この警察は解決しない、ただ処理する——。警察×怪異、人気作家待望の新シリーズ！

講談社文芸文庫

松浦寿輝
半島
寂れた小さな島に、漂い流れるように仮初の棲み処を定めた男が体験する、虚構とも現実ともつかぬ時間。いまもここも、自由も再生も幻か。読売文学賞受賞作。

解説＝三浦雅士　年譜＝著者

まJ3
978-4-06-526678-6

磯﨑憲一郎
鳥獣戯画／我が人生最悪の時
「私」とは誰か。「小説」とは何か。一見、脈絡のないいくつもの話が、〝語り口〟の力で現実を押し開いていく。文学の可動域を極限まで広げる21世紀の世界文学。

解説＝乗代雄介　年譜＝著者

いAB1
978-4-06-524522-4

講談社文庫　目録

芥川龍之介　藪の中
有吉佐和子　新装版 和宮様御留
阿刀田　高　ナポレオン狂
阿刀田　高　新装版 ブラック・ジョーク大全
相沢忠洋　「岩宿」の発見〈幻の旧石器を求めて〉
鮎川哲也　りら荘事件
赤川次郎　偶像崇拝殺人事件
赤川次郎　人間消失殺人事件
赤川次郎　三姉妹探偵団
赤川次郎　三姉妹探偵団2〈キャンパス篇〉
赤川次郎　三姉妹探偵団3〈珠美・初恋篇〉
赤川次郎　三姉妹探偵団4〈怪奇篇〉
赤川次郎　三姉妹探偵団5〈復讐篇〉
赤川次郎　三姉妹探偵団6〈危機一髪篇〉
赤川次郎　三姉妹探偵団7〈駆け落ち篇〉
赤川次郎　三姉妹探偵団8〈人質篇〉
赤川次郎　三姉妹探偵団9〈青ひげ篇〉
赤川次郎　三姉妹探偵団10〈父恋し篇〉
赤川次郎　死が小径をやってくる〈三姉妹探偵団11〉

赤川次郎　死神のお気に入り〈三姉妹探偵団12〉
赤川次郎　次女と野獣〈三姉妹探偵団13〉
赤川次郎　心地よい悪夢〈三姉妹探偵団14〉
赤川次郎　ふるえて眠れ、三姉妹〈三姉妹探偵団15〉
赤川次郎　三姉妹、呪いの道行〈三姉妹探偵団16〉
赤川次郎　三姉妹、初めてのおつかい〈三姉妹探偵団17〉
赤川次郎　恋の花咲く三姉妹〈三姉妹探偵団18〉
赤川次郎　月もおぼろに三姉妹〈三姉妹探偵団19〉
赤川次郎　三姉妹、ふしぎな旅日記〈三姉妹探偵団20〉
赤川次郎　三姉妹、清く貧しく美しく〈三姉妹探偵団21〉
赤川次郎　三姉妹と忘れじの面影〈三姉妹探偵団22〉
赤川次郎　三姉妹、舞踏会への招待〈三姉妹探偵団23〉
赤川次郎　三人姉妹殺人事件〈三姉妹探偵団24〉
赤川次郎　三姉妹、さびしい入江の歌〈三姉妹探偵団25〉
赤川次郎　静かな町の夕暮に
赤川次郎　キネマの天使〈レンズの奥の殺人者〉
泡坂妻夫　花火と銃声
新井素子　グリーン・レクイエム〈新装版〉
安能務 訳　封神演義 全三冊

安西水丸　東京美女散歩
綾辻行人　殺人方程式〈切断された死体の問題〉
綾辻行人　鳴風荘事件 殺人方程式II
綾辻行人　十角館の殺人〈新装改訂版〉
綾辻行人　水車館の殺人〈新装改訂版〉
綾辻行人　迷路館の殺人〈新装改訂版〉
綾辻行人　人形館の殺人〈新装改訂版〉
綾辻行人　時計館の殺人〈新装改訂版〉
綾辻行人　黒猫館の殺人〈新装改訂版〉
綾辻行人　暗黒館の殺人 全四冊
綾辻行人　びっくり館の殺人
綾辻行人　奇面館の殺人(上)(下)
綾辻行人　どんどん橋、落ちた〈新装改訂版〉
綾辻行人　緋色の囁き〈新装改訂版〉
綾辻行人　暗闇の囁き〈新装改訂版〉
綾辻行人　黄昏の囁き〈新装改訂版〉
綾辻行人ほか　7人の名探偵
我孫子武丸　探偵映画
我孫子武丸　新装版 8の殺人

2021年12月15日現在

講談社文庫

十七八より

乗代雄介

講談社